Kristen Rivers

Kristen Rivers est née sous le soleil espagnol. Elle a fini par échanger son maillot de bain contre une doudoune pour s'installer en Alsace. Passionnée de voyages et curieuse de nouveaux horizons, Kristen partage ses passions sur papier. Ses romans sont teintés d'humour et d'évasion. Son premier livre, *Celle que je ne suis pas*, paraît en 2022 chez City Éditions. Il est suivi par *Madame chieuse & Monsieur rabat-joie* (Harper Collins, 2021) et *La Souplesse du Chat* (Les Nouveaux Auteurs, 2021). Son nouveau roman, *Mens-moi jusqu'au bout du monde*, a paru en 2022 chez Hugo & Cie.

LA SOUPLESSE DU CHAT

À Manalipa :
quand j'avais besoin d'une main,
j'ai trouvé ta patte.

Chapitre 1

La devise du chat : qu'importe ce que tu as fait,
essaie toujours de faire croire que
c'est la faute du chien.

Jeff Valdez

Je suis là, dans ma voiture, à une heure à laquelle la plupart des gens sont encore bien au chaud sous leur couette. Sélina, fidèle au poste, pourrait-on dire. Voilà trente ans que je suis aussi matinale que régulière dans mes habitudes. En théorie, je ne devrais pas croiser grand monde. J'irais bien vivre en théorie, moi, puisqu'en théorie tout se passe bien.

Je rajuste mes cheveux bruns en jetant un œil dans le rétroviseur. Dire qu'il n'y a pas un chat dehors serait un affreux mensonge, puisqu'il y en a justement un, et qu'il a décidé de commencer sa routine matinale par une séance de yoga en plein milieu de la route, juste devant chez moi. Après avoir attendu pendant une bonne trentaine de secondes – je l'admets, la patience n'est pas mon fort – je baisse la vitre pour hurler :

— Bouge tes poils, toi ! Tu n'as peut-être rien à faire de la journée à part te lécher le derrière, mais moi, j'ai du boulot !

Du boulot, j'en ai justement à revendre. Raison pour laquelle j'ai quitté mon domicile à six heures du matin. Et si ce chat ne m'avait pas barré la route à peine sortie de chez moi, j'aurais déjà fait une partie du chemin. Je l'aurais bien contourné, mais la voie est trop étroite, et le trottoir trop surélevé pour que je monte dessus avec ma voiture.

Imperturbable, le chat roux un brin obèse m'observe avec un flegme qui m'agace. Est-ce qu'il le fait exprès ?

Soudain, un sifflement me perce les tympans. J'identifie rapidement son origine. Un homme asiatique se tient sur le trottoir opposé à ma maison. Pas le temps de me demander ce qu'il fait, puisque le chat traverse enfin la route dans sa direction. Sans attendre de savoir ce qui se passe ensuite, je démarre en trombe, direction Strasbourg.

Trente-sept minutes plus tard, je me gare sur le parking de Matuvu, la boîte dans laquelle je travaille depuis bientôt dix ans. Il est pratiquement vide, exception faite de la Tesla rutilante de mon patron, garée presque devant la porte. C'est bien le seul à arriver plus tôt que moi, ne serait-ce que de manière occasionnelle. J'ai cumulé huit minutes de retard, ce qui me fait arriver vers six heures quarante-cinq à cause de ce fichu chat, puisque par sa faute, j'ai collectionné les feux rouges auxquels j'échappe en temps normal.

Merci, le gros tonneau à poils roux !

Machinalement je lève les yeux pour observer le smiley brandissant un grand pouce jaune qui sert de logo à *mon entreprise*. Spécialisé dans la communication, la publicité et le community management, Matuvu et sa trentaine d'employés aident diverses entreprises à améliorer leur image sur Internet. En gros, nous faisons aussi bien vendre des saucisses que des écharpes, du savon ou des services courtiers. Peu importe, pourvu que ça paie.

Je quitte prestement l'habitacle et traverse les quelques mètres de parking en direction de l'entrée. Le bâtiment, tout en verre, mais pas transparent pour autant, ressemble à une cloche à fromage qu'on aurait oublié de passer au lave-vaisselle.

Je m'arrête devant la porte et fouille mes poches pour trouver mon badge, puis maudis la terre entière en constatant qu'il n'y est pas. J'ai changé de sac ce matin parce que Sophie, ma colocataire, avait pris le mien et j'ai oublié de récupérer mon badge avant l'échange. Je ne peux m'en prendre qu'à moi-même.

J'appose donc mon index sur la sonnette. Albert, le patron, râlera parce que je l'aurais interrompu. Mais au moins, je ne perdrai pas mon temps et pourrai me mettre à travailler une heure avant le début de mes horaires officiels.

Une minute passe. Puis deux. À la troisième, je me dis qu'il doit être au téléphone. Ou au petit coin. Sûrement les deux à la fois. Le seul temps qu'Albert peut se permettre de perdre, c'est le nôtre.

Une fois de plus, je presse mon doigt à l'ongle rongé sur la sonnette tout en songeant au dernier dossier à boucler, qui concerne une boîte spécialisée dans le jambon. Si je ne parviens pas à respecter les délais impartis, c'est moi qui finirai en cochonnaille.

Fatiguée d'attendre, je pousse un profond soupir, avise le boîtier extérieur d'une clim qui ne m'a pas l'air trop sale et m'assieds dessus. J'y ai à peine posé une fesse que la caisse en fer émet un craquement sinistre. J'ai beau m'enlever rapidement en faisant un bond sur le côté, ce n'est pas suffisant. La clim se décroche et tombe par terre, roulant sur le talus d'herbes devant elle, emportée par son poids, avant de taper dans un lampadaire qui se trouvait là avant même la construction de l'entreprise. Celui-ci se met à trembler comme une feuille, et seconde après seconde, ses secousses vont en s'amplifiant, et il ressemble à une énorme quille en train de perdre l'équilibre.

Oh non !

Le poteau a beau avoir le groove, moi pas.

— Oui ? grésille la voix d'Albert dans l'interphone.

— Euh…

Fascinée par l'improbable danse du lampadaire, je suis bien incapable de produire une phrase cohérente. Encore moins quand je constate que la base du luminaire municipal se fendille et se soulève doucement.

— Oui ? Qui est là ?

— Je…

C'est alors que la catastrophe survient. Avec un perturbant mélange de curiosité et d'horreur, je vois le poteau taper dans l'énorme cloche à fromage. Je peux même entendre le bruit du verre qui se brise à travers l'interphone.

— Qu'est-ce qui se passe ?

Il est désormais plus prudent de s'abstenir de répondre. Ébahie, j'observe l'apocalypse accomplir son œuvre destructrice. Ni une ni deux, le poteau entame une lente et inexorable chute vers le sol comme les aiguilles d'une montre, et je blêmis en comprenant sa destination finale et entame une prière silencieuse pour influencer sa trajectoire. Pire, je vais même jusqu'à faire quelques pas pour le rattraper. Sourd à ma litanie intérieure et plus rapide que moi, le lampadaire termine sa course folle sur la Tesla du patron. Une chose est sûre, les dégâts sont à la hauteur du fracas.

— Hé ho ! C'était quoi ce bruit ? Qu'est-ce que c'est que ce bazar ?

Sans attendre une seconde de plus, je décide de prendre la tangente et pars en courant, ce que je n'ai pas accompli depuis un moment comme en témoignent mes poumons en feu qui brûlent déjà avant que je n'aie atteint le bout de la rue. Je n'ai plus qu'à traîner dans la zone industrielle où se situe Matuvu en attendant l'heure d'ouverture des bureaux et personne ne se doutera que l'Armageddon, c'est moi.

Une heure plus tard, en parfaite adéquation avec mes collègues, la surprise se peint sur mes traits alors que j'arrive devant Matuvu.

— Qui a fait ça ?

— Un concurrent, peut-être ?

— Vous savez, les jeunes de nos jours, ils ne respectent rien. Je suis sûr que ça vient d'eux.

— Oui, ils ont dû filmer ça pour le poster sur les réseaux sociaux. Ils n'ont que ça en tête. Des *likes* et toujours des *likes*.

Lasse d'entendre leurs élucubrations foireuses, je fends le petit groupe qui s'est formé devant la porte et pénètre dans l'antre du diable. À l'intérieur, les dégâts ne sont pas moins impressionnants. J'éprouve une once de culpabilité en voyant la femme de ménage ramasser les bouts de verre, munie d'une pelle et d'un balai. J'hésite à venir l'aider. Après tout, c'est de ma faute si elle se retrouve à accomplir cette tâche ingrate. Puis le brouhaha de mes collègues qui entrent derrière moi me ramène à la réalité. J'ai un dossier à boucler, alors à chacune son boulot.

Je regrette d'avoir enlevé mon manteau sitôt après l'avoir ôté. Il fait un froid de canard dans l'open space. Mes collaborateurs grelottent aussi. Alors que chacun y va de son petit commentaire sur la température glaciale induite par les fenêtres brisées en plein hiver, je garde le silence. J'ai l'impression que si je parle, tout le monde saura que je suis coupable. Comme si le simple fait d'ouvrir la bouche allait faire apparaître le mot « menteuse » sur mon front, inscrit en rouge et en gras.

J'allume l'ordinateur tout en gardant une oreille sur les petits groupes de bavards qui se sont formés un peu partout dans la pièce. Pour l'instant, les soupçons se portent sur nos concurrents. Tant mieux. Je ne suis pas fière de ce que j'ai fait, mais ce n'est pas comme si je pouvais revenir en arrière et effacer le résultat de ma – petite – boulette.

Je viens à peine de me mettre au boulot quand Albert fait irruption dans notre lieu de travail, suivi de Gria, sa fidèle assistante. Immédiatement, l'open space se plonge dans un silence de mort. Chacun attend sagement que le patron s'exprime. Moi, je me débrouille pour me planquer, espérant ainsi passer inaperçue.

— Mes chers employés, vous avez sans doute remarqué que nos vitres ont été cassées et ma voiture…

Sa voix se brise. Voilà qui devrait me faire éprouver quelques remords si je n'étais pas aussi stressée.

— La climatisation, qui nous sert également de chauffage, est hors service.

Là-dessus, quelques voix s'élèvent pour se plaindre de la température polaire. Je les comprends. Le thermomètre de ma voiture indiquait – 6 degrés quand je me suis garée sur le parking, ce matin. Avec les fenêtres brisées et sans chauffage, on ne passera pas dans les températures positives. Mentalement, j'évalue le coût des réparations. La somme que je devine me fait éprouver des regrets, mais pas assez pour me dénoncer. Si quelqu'un me soupçonne, il faut que je le sache tout de suite. Je me hisse sur la pointe des pieds et demande :

— Est-ce que vous avez une idée de l'identité de l'auteur des dégâts ?

Sitôt ma question formulée, je me ratatine pour que personne ne me remarque. L'instant d'après, les yeux d'Albert se posent sur ma voisine la plus proche. C'est l'avantage de ne pas souvent prendre la parole en public : nul ne reconnaît votre voix.

— Non, aucun. Mais nous ferons le nécessaire pour l'identifier.

Je m'efforce de ne pas avoir l'air trop soulagée.

— Si vous avez vu quelque chose, vous êtes évidemment priés de venir m'en informer.

Techniquement, je ne me suis pas vue faire tout ça. Alors, je ne peux pas être tenue de me dénoncer, non ?

Mes collègues hochent la tête, guère gênés par l'aspect « délation » qu'implique cette histoire.

— En attendant, comment est-ce qu'on va faire ? On ne peut tout de même pas travailler dans ces conditions ! s'exclame Thomas, délégué syndical.

— Ou alors, il faudra nous fournir un supplément de café, renchérit ma voisine.

Chacun y va de sa petite tirade mécontente. Ce que je comprends. Il fait tellement froid que j'en ai la goutte au nez.

— J'ai contacté plusieurs sociétés, et aucune ne peut s'en occuper avant un mois, au mieux.

Un brouhaha indigné fait suite à cette annonce. Je râle aussi pour avoir l'air moins coupable. Gria tape dans ses mains, faisant cliqueter ses nombreuses bagues trop larges pour nous réduire au silence. Satisfait, le chef reprend la parole :

— Travailler ici est impossible, j'en conviens.

Alors qu'une clameur joyeuse s'élève dans la salle, Albert ajoute :

— Toutefois, vous ne serez pas en vacances pour autant. La plupart de vos tâches peuvent être effectuées en télétravail, vous les remplirez donc de chez vous. Je vais vous demander de passer au bureau de Guy, l'informaticien, qui vous expliquera avec plaisir la démarche à suivre.

Je jette un coup d'œil à l'intéressé et conclus que mon chef est nul pour tout ce qui concerne le langage corporel. Le rictus crispé et le regard anxieux de Guy ne traduisent aucunement le ravissement.

— On peut aussi prendre des congés, non ? Certains salariés n'en ont pas eu depuis un long moment.

Je fais partie de ceux-là. Voilà trois ans que je n'ai pas posé une seule RTT. Non que mon patron soit un parfait esclavagiste, même s'il nous pousse à travailler de manière acharnée. Seulement, à la simple idée de devoir occuper mes journées par autre chose que mon boulot, une boule d'angoisse se forme dans mon ventre. Je ne saurais même pas quoi faire de tout ce temps et rien que d'y penser, j'en ai le vertige.

— Ceux qui le souhaitent peuvent évidemment poser des congés, c'est le moment idéal puisque nous ne sommes pas sur une période exceptionnelle en termes de charge de travail, intervient Gria. Mais nous aurons néanmoins besoin que certains se sacrifient, puisqu'il faudra assurer un service minimum afin de boucler nos dossiers en temps et en heure. Des volontaires ?

Il ne me faut pas plus d'une seconde pour lever la main bien haut. Je suis sans doute la Katniss Everdeen[1] la plus lâche au monde, mais aux yeux de mon patron et de mes collègues, je passe pour quelqu'un d'investi. Je m'en fiche. Tout ce qui compte, c'est qu'on me fiche la paix et que rien ne change.

Ou presque.

---

1. Katniss Everdeen est le personnage principal de la trilogie *Hunger Games* écrite par Suzanne Collins, dans laquelle elle se sacrifie au début de l'histoire pour sauver sa petite sœur.

Chapitre 2

Un chat est un casse-tête
pour lequel il n'y a pas de solution.
Hazel Nicholson

Dring ! Le bruit strident de mon réveil m'arrache à un sommeil agité. Je me saisis aussitôt de mon téléphone pour vérifier mes mails tout en sautant hors du lit. Ma vue est encore si brouillée que j'ai l'impression que le dernier message reçu est écrit en hiéroglyphes. Concentrée sur ma tentative de décryptage, je ne fais pas attention en sortant de ma chambre et glisse sur la chaussette solitaire de Sophie, ma colocataire aussi bordélique que loufoque. Je ne lâche pas mon précieux téléphone et tente de me rattraper au chambranle. J'y parviens de justesse. Après avoir ramassé le sous-vêtement esseulé, je le jette dans le panier à linge sale de la salle de bains et passe sous la douche sans même avoir pris le temps d'attendre que l'eau chauffe, ce qui m'aurait évité de sursauter comme un diable en recevant un jet glacial au visage. Peu importe, ça a au moins le mérite de me réveiller pour de bon.

Dans ma tête, je revois les retouches à apporter aujourd'hui au dossier de Baking, une entreprise spécialisée dans la pâtisserie industrielle, filiale d'une des plus grandes boîtes européennes. Il n'est pas question de les décevoir. Après ma bévue qui va coûter une fortune au patron, il serait malvenu de planter un client aussi important que celui-là. Même si, sept jours après ma gaffe, personne ne m'a démasquée et je ne me suis évidemment pas dénoncée. Pas vu, pas pris, comme on dit.

Après avoir vigoureusement savonné, rincé et séché mon corps, je suis prête. Munie d'un grand café noir sans sucre, je rejoins mon espace de travail improvisé sur la table du salon. J'allume mon ordinateur et me plonge dans mes chiffres et mes lettres avant même d'avoir avalé la moindre gorgée.

— Déjà au boulot ?

Surprise, je relève la tête brusquement. Sophie se tient devant moi, vêtue de son éternel jean et d'un pull rose à l'effigie de Pikachu.

— Euh, oui.

— Il est sept heures du matin.

— Je sais.

— Je pensais que tu profiterais du fait que tu es en télétravail pour te reposer un peu plus.

— Je me reposerai quand…

— Quand tu seras morte ?

— Non, quand j'aurai bouclé ce dossier.

Elle hoche la tête sans rien dire et me fixe quelques instants. Je cache ma figure derrière mon mug en le portant à la bouche. Sophie bâille à s'en décrocher la mâchoire, tourne les talons pour se diriger vers la cuisine, ouvre le frigo et boit le lait directement à la bouteille. Je pince les lèvres en la maudissant en silence dans pas moins de quatre langues différentes, dont une morte. Elle claque la porte du frigo et emprunte l'escalier qui mène à l'étage où sont nos chambres et la salle de bains.

— Tu te prépares pour le boulot ?

— Non, je bossais de nuit. Je vais dormir.

— OK.

C'est là mon seul échange avec celle qui est ma meilleure amie depuis la maternelle. Nous ne nous sommes pas séparées après le lycée, lorsque nous avons choisi des formations aussi différentes que des études en marketing pour moi et l'école d'infirmière pour elle. Ses parents étant brutalement décédés lorsqu'elle avait à peine dix-huit ans, c'est tout naturellement qu'elle m'a proposé de venir vivre chez elle, dans la maison qui l'a vue grandir, dans une petite ville d'Alsace. Pour de très nombreuses raisons, dont une amitié fusionnelle, je ne pouvais qu'accepter. Mais nos caractères diamétralement opposés et notre investissement mutuel dans nos boulots respectifs ont fini par faire de nous des simples colocataires aux rencontres fortuites. Nos fous rires et nos longues discussions me manquent, mais je ne sais pas comment franchir ce gouffre qui nous sépare à présent, ni même si j'ai le temps d'essayer.

Je me remets au travail. Si rêvasser faisait avancer dans la vie, tous les écrivains seraient riches et les gens seraient rémunérés à la hauteur des rêves qu'ils tentent d'accomplir.

Archinul !

Deux minutes avant ma réunion prévue par visioconférence, je monte me rafraîchir dans la salle de bains. La septième en cette première semaine de télétravail.

Je préfère ça aux réunions sur site, puisqu'elles impliquent moins de bavardages inutiles et de serrages de main ennuyeux. En descendant au rez-de-chaussée, je n'ai plus le temps de me faire couler un café. Je remplis juste un verre d'eau, que j'apporte à mon bureau. Avec quelques secondes d'avance, je tente de me connecter sur Zoom, l'interface qui permet de faire des visioconférences.

Ça ne fonctionne pas. Je retente. Toujours rien. Je vais me connecter sur le *chat* du boulot, que j'ai tendance à laisser en mode *mute* pour éviter toute interruption, afin de voir si les autres aussi ont ce problème.

Je n'y parviens pas non plus. Mes mails aussi sont inaccessibles, tout comme le site de l'entreprise, et même Google.

C'est l'Armageddon. Rien d'autre ne peut expliquer ce cataclysme.

J'appelle aussitôt Guy.

— Bonjour, Guy. J'ai un souci de connexion.

— OK. Et tu es ?

— Dans la panade.

— Ça, j'avais compris. Mais j'ai besoin de ton nom. Ta voix ne me dit rien.

Normal.

— Je suis Sélina. Sélina Figueres.

Comme il ne réagit pas immédiatement, j'ajoute quelques précisions.

— Je suis la brune qui occupe le bureau le plus proche de la porte des toilettes.

Ça, ça fait tilt.

— Je vois. Désolé, je ne t'avais pas reconnue. L'ordinateur est allumé ?

— Bien sûr qu'il l'est ! Comment voudrais-tu que je travaille sans ça ?

— Oh, crois-moi, en quinze ans de carrière, j'ai vu pire.

Il rit. Pas moi.

— Va voir l'icône Wi-Fi.

Je m'exécute sans un mot et remarque aussitôt que « PowerPatate », le réseau créé par Sophie, est inaccessible.

— Je crois que mon Wi-Fi est planté.

— Super, nous avons identifié le coupable. Peux-tu redémarrer ta box ?

Aussitôt demandé aussitôt fait. Le temps que le bidule reparte, je coupe la communication pour prévenir un de mes collègues que je serai bientôt disponible.

Force est de constater que j'ai encore été trop optimiste. Je rappelle Guy et reproduis l'opération trois fois avec toujours le même résultat : PowerPatate n'a plus la patate.

— Je suis désolé, Sélina. Je dois te laisser, j'ai moi aussi une réunion à honorer. Je te conseille d'appeler ton fournisseur d'accès à Internet pour savoir si la panne vient d'eux. En attendant, tu peux toujours partager le réseau de ton téléphone sur ton PC. Ce n'est pas l'idéal, mais ça devrait te permettre de finir ta visioconférence.

Ça aurait en effet été l'idéal si je n'avais pas vécu dans une petite ville oubliée sur la carte des réseaux mobiles et Internet. La couverture 4G ? C'est une légende, au même titre que les licornes. On nous a promis la construction d'une antenne-relais il y a déjà quelques années. Je pense que le projet a dû tomber dans l'oubli, depuis le temps, au fin fond de la campagne alsacienne. Dans le meilleur des cas, mon égoïste de smartphone n'affiche qu'une barre qu'il refuse de partager. Et encore, la plupart du temps, elle disparaît. Comme ma patience.

La visioconférence doit être finie depuis belle lurette quand je parviens enfin à avoir un opérateur en ligne. Il m'apprend qu'effectivement le problème vient d'eux.

— Parfait. Quand est-ce que vous allez régler ça ?

— Euh… je pense que vu la situation, pas avant quatre…

— Heures ? complété-je.

Je vois rouge. Je ne peux pas me permettre de perdre autant de temps. Le fait qu'il ne réponde pas n'est pas rassurant.

— Jours ?

— Semaines, mademoiselle Figueres. Dans le meilleur des cas.

Semaines ?

L'information est tellement inattendue que je reste sans voix pendant un temps indéfini.

— Mademoiselle Figueres, vous êtes toujours là ?

Le ton monocorde de mon interlocuteur me ramène à la réalité.

— Pourquoi autant de temps ? Vous êtes en grève, en sous-effectifs ?

Ou tout simplement idiots ?

J'essaie de chercher une explication logique à ce que je perçois comme un énorme cataclysme.

— À moins que vous ne viviez dans une grotte, vous êtes au courant que dans l'ouest du pays, la tempête Pisica a laissé des dizaines de milliers de foyers sans électricité, sans communications, vous comprendrez que nous soyons un peu dépassés par les événements.

Je me retiens de lui dire que ce n'est pas mon problème. Je paie pour un service, je m'attends à ce qu'il soit effectué. Et puis, ils comptent sur moi, au boulot.

— Quatre semaines sans Internet. La fin du monde est en approche et on a oublié de me prévenir ?

— La fin du monde approche pour tous en même temps, c'est bien la seule chose face à laquelle nous sommes sur un pied d'égalité. À vous de voir comment vous voulez occuper ces quatre prochaines semaines, mademoiselle. Nous ne manquerons pas de vous contacter régulièrement pour vous faire part de nos avancées.

Je raccroche sans plus de fioritures et m'empresse aussitôt d'appeler mon chef pour lui faire part de ce nouveau contretemps.

— Bonjour, monsieur Pastureau. C'est Sélina. Sélina Figueres. Je suis assise près des toilettes.

— Euh… vous m'en voyez ravi.

Je ferme les yeux, mortifiée. J'ai tendance à dire n'importe quoi quand je suis stressée et là, je suis tellement angoissée que ma bouche s'exprime sans passer par la case « cerveau ». Je m'efforce de reprendre le contrôle.

— Pardon. Je ne parlais pas de ce moment précis. Chez Matuvu, j'occupe le bureau le plus proche des toilettes.

— Je vois très bien qui vous êtes, oui. Tout va bien ?

Non !

— Euh, pas vraiment.

— Vous êtes souffrante ?

— Non, c'est pire que ça.

— Pire qu'une maladie ? Un de vos proches est décédé ?

Je m'enfonce. Si je ne ramène pas mes esprits, il va me faire interner, c'est certain. Je m'exprime de ma voix la plus professionnelle.

— Non, personne n'est mort, mais ma situation n'en est pas moins désespérée.

— Expliquez-moi.

— Je n'ai plus de Wi-Fi. Je vis à la campagne et je ne capte même pas la 3G. Mon fournisseur d'accès à Internet ne pourra pas régler mon problème avant quatre semaines, au mieux, et…

Je me rends compte que je suis incapable de finir ma phrase tellement le fait de ne pas travailler me plonge dans un état déplorable.

— Voulez-vous vous faire arrêter ?

Sa question me fait sursauter. Est-ce qu'il se doute que c'est moi qui ai démoli sa Tesla ?

— Je vous demande pardon ?

— Oh, désolé, je me suis mal exprimé. Je veux simplement dire que si vous le souhaitez, vous pouvez vous arrêter. Prendre vos congés.

Je suis à la fois soulagée qu'il ne se doute de rien et tendue à l'idée d'être en vacances.

— Non, monsieur ! m'empressé-je de répondre avec un peu trop de vivacité. Ce ne sera pas nécessaire.

— Très bien, Sélina. Mais vous savez très bien que je ne supporte pas de payer les gens à ne rien faire, alors je compte sur votre côté astucieux pour trouver un moyen de vous mettre au boulot. Adaptez-vous !

Je fixe mon téléphone d'un œil mauvais après qu'Albert a raccroché. Adaptez-vous ? Je vis à la campagne ! Peut-être pense-t-il qu'Internet pousse dans les arbres, ou alors je vais recevoir une borne Wi-Fi toute neuve fraîchement tombée d'un tracteur, sait-on jamais ? Pourquoi n'a-t-il pas fait appel à une entreprise plus rapide lui aussi pour réparer le chauffage et qu'on puisse revenir sur le site ?

Cependant, je ne suis pas le genre de personne à se laisser abattre. Je peux peut-être pirater le Wi-Fi d'un autre ?

Je jette immédiatement un œil à mon ordinateur. Les réseaux de mes voisins les plus proches sont tous cadenassés, et je ne me vois pas aller toquer à leur porte pour leur demander de partager. En revanche, il y a celui de *La Souplesse du Chat*. Je ne me suis jamais intéressée à cet établissement qui se trouve pourtant juste en face de chez moi. Vu son nom, il doit s'agir d'une salle de sport proposant des cours de yoga. Qui d'autre parlerait de souplesse ? Dans les séries américaines, tous les établissements de ce genre possèdent un coin café, certes petit et souvent inconfortable, mais ça fera l'affaire. Je pourrais prendre un abonnement, faire un ou deux étirements, adopter la position du lotus pendant cinq minutes et filer au coin café pour profiter du Wi-Fi offert aux clients. C'est vrai, ce n'est pas parce qu'on souscrit à une offre qu'un coach vient vous botter les fesses pour vous forcer à bouger, non ?

Rassurée par ma nouvelle idée, je bondis de ma chaise et cours à la fenêtre pour jeter un œil à la devanture. La peinture turquoise agresse mes rétines et je ne vois pas grand-chose à travers la vitrine. Je quitte mon poste d'observation et monte me mettre en tenue de camouflage.

Un 1er janvier de je ne sais quelle année, j'ai cédé à la mode des bonnes résolutions du jour de l'An et commandé des habits de sport dont je ne me suis jamais servie. C'est maintenant l'occasion ou jamais de les utiliser. J'enfile un pantalon de yoga aux couleurs de l'arc-en-ciel, si près du corps que j'ai peur de le faire craquer en respirant, ainsi qu'une brassière. Je prends une serviette dans un placard, remplis d'eau ma gourde, enfile une veste chaude et sors dans la rue après m'être saisie de mes affaires de travail. À peine dehors, mon téléphone reçoit quelques mails avant que le réseau ne disparaisse à nouveau. Les caprices du Edge…

Le nez penché sur mon smartphone pour prendre immédiatement connaissance du contenu de mes missives, je pousse la porte de *La Souplesse du Chat*, manque de me déboîter une épaule, remarque l'écriteau qui suggère plutôt de tirer et pénètre enfin dans l'antre qui va peut-être me sauver la mise. L'un des mails contient le compte-rendu de la réunion de ce matin. Il m'a été envoyé par Gria, l'assistante d'Albert, mon patron. J'essaie tant bien que mal de récupérer la pièce jointe, ce qui n'est pas aisé avec les tocades de mon Internet campagnard. Concentrée sur ma tâche, j'avance jusqu'à ce que mes baskets butent contre le comptoir. Mon document étant téléchargé à quatre-vingt-dix-huit pour cent, je garde le nez baissé sur mon smartphone jusqu'à ce que quelqu'un se racle la gorge devant moi.

Quatre-vingt-dix-neuf !

Et là, un dinosaure apparaît sur mon écran pour m'indiquer qu'il ne trouve plus la page. Je vais l'aider à la trouver, moi, tiens !

— Mademoiselle ?

Appuyant frénétiquement sur l'onglet « rafraîchir », je ne me donne pas la peine de lever la tête pour parler à mon interlocuteur.

— Bonjour, je voudrais prendre un abonnement d'un mois.

— Un abonnement d'un mois ?

— Oui. Un forfait qui donne accès à tous vos cours de yoga pendant quatre semaines minimum, en illimité. C'est possible ?

Pas de réponse. Le dinosaure disparaît. Alors que la pièce jointe recommence à charger, je sens que quelqu'un marche sur mon pied. Sans détacher les yeux de mon écran, je grogne en pestant contre les adeptes du bien-être qui ne font pas attention aux autres :

— Eh bien, vous pouvez prendre exemple sur Patate.

— Patate ?

Je daigne enfin m'arracher à la contemplation de mon téléphone et découvre l'identité de celui qui m'a marché sur le pied. Un chat roux et obèse qui s'étire de tout son long, le même qui m'a embêtée un matin en s'allongeant sur la route pour m'empêcher de partir travailler.

Étonnée de trouver un matou aussi gras dans un lieu prônant le bien-être, je lève enfin les yeux sur mon interlocuteur. Je m'arrête quelques instants sur ses yeux noirs, en amande. Sur la peau délicatement dorée de ce visage de type asiatique, encadré par des cheveux couleur de jais, mi-longs et très lisses. Il doit faire une tête de plus que moi. Sa stature à la fois fine et musclée lui confère une élégance que je n'aurai jamais.

— Vous, soufflé-je en reconnaissant le propriétaire du félin le plus gros de la planète.

C'est l'homme qui a sifflé le chat obèse qui me barrait le chemin, le jour où j'ai réduit en miettes l'entreprise où je travaille.

— En revanche, nous ne proposons aucun abonnement pour des machines de fitness.

— Et pourquoi cela ?

Un sourire insolent se peint sur les lèvres de l'homme asiatique, ses yeux pétillant d'amusement.

— Eh bien, regardez par vous-même.

Je m'exécute, de mauvaise grâce, et lâche un hoquet de surprise. Autour de moi, point d'appareils de sport, mais une quinzaine de tables autour desquelles sont installés des gens qui ne ressemblent en rien aux clients habituels d'un gymnase. Je dénombre pas mal de personnes âgées qui jouent aux cartes, des mamans buvant un café, deux ou trois couples amourachés… et plusieurs bêtes à poils qui se baladent d'un chaland à l'autre, cherchant des caresses. Le seul point commun entre ces individus, ce sont leurs yeux braqués sur moi. Ça, et le fait qu'aucun en dehors de moi ne porte de vêtements de sport.

— Euh… Effectivement, ce n'est pas un centre de fitness.

— Bienvenue à *La Souplesse du Chat*, mademoiselle, le seul bar à chats du coin.

Un bar à chats, bon sang ! Le genre d'endroit où les gens viennent boire un café tout en couvrant leurs habits de poils de chat. Et moi, je suis déguisée en la version féminine de Rocky Balboa[1], sans les gants de boxe, les muscles et… bon, je ne ressemble en rien à Sylvester Stallone, sauf peut-être sa tête de travers après un combat. Mais il n'empêche que je ne colle pas du tout à l'endroit. Je me fais l'effet d'un morceau de lard au

1. Personnage principal des films *Rocky*, interprété par l'acteur Sylvester Stallone.

Salon de la cuisine végane. Pas désirée du tout. Si, au moins, je pouvais passer inaperçue…

Je me sens rougir, mortifiée. À mes pieds, le matou pousse un râle plaintif à me déchirer les tympans, comme s'il voulait attirer l'attention sur nous alors que chaque œil pointe déjà dans ma direction. Et moi je suis là, coincée dans ma brassière qui laisse déborder mon ventre, saucissonnée dans mon pantalon de yoga trop étroit, avec ma serviette autour du cou, à me payer l'affiche.

— Pardon, je crois que je me suis trompée d'endroit, lancé-je en faisant demi-tour.

Seul un rire énigmatique me répond, ce qui a le don de m'agacer, mais j'ai bien trop honte pour me retourner.

Chapitre 3

Les chats semblent avoir pour principe
que ça ne fait de mal à personne
de demander ce que l'on veut.
Joseph Wood Krutch

Il faut que je l'admettc : me rendre au fast-food afin de profiter de leur Wi-Fi n'était pas l'idée du siècle. C'est pourtant ce que j'ai fait hier. Après m'être couverte de honte à *La Souplesse du Chat*, je suis rentrée directement chez moi en me jurant de ne plus jamais y remettre les pieds. J'ai mis des habits propres et j'ai sauté dans ma voiture pour rouler jusqu'à la petite ville la plus proche. Je me suis installée dans un fast-food et j'ai travaillé autant que j'ai pu. Certes, la qualité de leur Wi-Fi était excellente. Mais en seulement cinq heures de boulot, j'ai dévoré un menu géant ainsi qu'une quantité astronomique de muffins. Sans parler des adolescents qui viennent se poser là une bonne partie de la journée et qui crient sans arrêt. J'ai eu beau mettre le volume de mon casque au maximum, je les entendais quand même. Impossible de se concentrer. Il était dix-sept heures quand je suis rentrée chez moi. Jamais je n'avais fini une journée de travail aussi tôt.

La première chose que j'ai remarquée ce matin en me réveillant, c'est l'odeur de graillon qui me collait à la peau. J'ai dû me laver à deux reprises et lancer une machine.

Néanmoins, tous ces travers ne me dérangent pas. Je n'aurai qu'à mettre la musique plus fort dans mon casque et à faire plus de machines. De toute façon, ce n'est pas comme si j'avais le choix. Vu comme je me suis ridiculisée à *La Souplesse du Chat*, il n'est pas question que j'y retourne, même si c'est beaucoup plus calme et tellement moins loin que ce fast-food de malheur. J'espère d'ailleurs ne plus croiser le propriétaire du café, qui a osé rire de ma mésaventure.

Je suis enfin installée dans ma voiture et je viens de poser ma sacoche côté passager quand j'aperçois une silhouette familière au bout de la rue. Elle resserre les pans de son manteau et semble frigorifiée.

— Sophie ? Tu reviens d'une balade ?

Arrivée à ma hauteur, elle pousse un long soupir.

— Non, je reviens du boulot.

Je fronce les sourcils. Elle travaille à l'hôpital de Strasbourg, à une trentaine de kilomètres d'ici, faisant parfois des horaires de jour comme des horaires de nuit.

— À pied ?

— Ma voiture a lâché sur le trajet de retour, à un peu moins de dix kilomètres d'ici. Le dépanneur l'a emmenée.

J'ouvre la bouche de surprise.

— Et il ne t'a pas conduite jusqu'ici ?

— Non, il avait ses gosses avec lui, comme ils étaient en route pour l'école, toutes les places étaient prises. Il m'a déjà fait une fleur en venant me dépanner si rapidement.

Je hoche la tête, un peu désolée pour elle.

— Quand est-ce que tu récupères ta voiture ?

Mes mots provoquent sur son visage une grimace qui n'augure rien de bon. La fille aux cheveux rouges me dédie un sourire contrit.

— Il a dit qu'il en avait au moins pour quinze jours.

— Oh, zut.

Elle plonge ses yeux azuréens dans les miens, comme si elle attendait quelque chose de ma part. Je n'ai pas le temps de répondre. Mon téléphone vibre. C'est l'alarme qui m'indique qu'il est plus que temps de me mettre au boulot.

— J'ai besoin de ta voiture.

— Quoi ?

— La mienne est en panne, et avec mes horaires, je ne peux pas prendre les transports en commun, d'autant plus qu'il n'y en a pas beaucoup.

Elle n'a pas tort. Deux bus le matin, un l'après-midi, un le soir. Pas de quoi se déplacer librement.

— Toi, tu es en télétravail, non ? me questionne-t-elle.

— Euh, oui…

L'espace d'un instant, je songe à refuser. J'ai besoin de mon véhicule pour aller au fast-food. D'un autre côté, moi, j'ai le choix. Je peux changer mes plans et aller ailleurs. Pas Sophie.

— OK. Je n'aurai qu'à aller à *La Souplesse du Chat*.

— Super ! Je te recommande leur thé des nuages, il est excellent.

Je fronce les sourcils.

— Ah bon ? Tu connais cet endroit ?

Elle me regarde de ses grands yeux fatigués en battant des cils.

— Oui, en plus, le patron est super sympa.

Je plisse le nez, contrariée.

— Ouais. Je te conseille d'aller te coucher, Sophie, tu divagues.

— Pas faux. Allez, bonne nuit. Ou bonne journée !

Je la laisse partir et récupère mes affaires dans l'habitacle. En traversant la rue pour me rendre à *La Souplesse du Chat*, je me répète, tel un mantra, qu'il n'y a pas de raison qu'ils me reconnaissent. C'est vrai, même si nous vivons dans une petite ville, leur salle était comble. Le patron doit voir une bonne soixantaine de clients par jour. Si je ne suis pas habillée de la même manière qu'hier, pourquoi se souviendrait-il de mon minois ?

Quelques minutes plus tard, je tire la porte de *La Souplesse du Chat* et passe en mode agent secret. Ratatinée sur moi-même pour me faire aussi petite que possible, je remonte mon manteau jusqu'à mon nez et baisse la tête sur mes chaussures tout en fonçant en direction de la table la plus à l'écart. Comme le propriétaire est occupé, je n'attends pas qu'il vienne à moi pour déballer mes affaires. Je n'arrive pas à me connecter à Internet, mais au moins, je peux remplir toutes les tâches qui ne nécessitent pas de connexion, l'essentiel étant de ne pas perdre une seconde.

— Que puis-je vous servir, mademoiselle ?

Je bats des cils quand le patron m'interpelle. J'ignore depuis combien de temps j'attends sa venue. Aujourd'hui, je dois m'occuper de la partie « community manager » pour un certain nombre d'entreprises. À cette heure-ci, le nombre de commentaires de « trolls » à gérer doit être long comme le bras. J'ai hâte de finir cette corvée.

— Le mot de passe du Wi-Fi, s'il vous plaît.

Sourire en coin, il acquiesce.

— Patience. Avec ou sans sucre ?

Je secoue la tête, un peu perdue.

— Euh, pardon, je prendrais bien un thé de la pluie.

L'homme m'observe d'un drôle d'œil. J'imagine que je n'ai pas correctement retenu le nom du breuvage préféré de Sophie. Qu'à cela ne tienne.

— Ou n'importe quelle boisson chaude, s'il vous plaît. Un café, ce serait parfait. Et n'oubliez pas le mot de passe du Wi-Fi, s'il vous plaît.

— Je vous apporte ça bientôt. Patience.

Patience, sérieusement ? Quel serveur dit ça à un client ?

— À vous de voir si vous voulez prendre le risque de me voir manquer de caféine.

Je n'attends pas qu'il s'en aille et baisse la tête sur mon écran, prête à me mettre au travail, mais sans connexion Internet, autant dire que ça ne sert à rien. Quand je relève les yeux, les siens pétillent d'amusement.

— Il vous manque quelque chose, mademoiselle ?

Oui, la patience, justement.

— Le mot de passe du Wi-Fi, s'il vous plaît.

Son sourire s'élargit, dévoilant des dents blanches comme la porcelaine.

— Je vous l'ai déjà donné. Pour vous, c'est « patience ». Ah, et on ne fait pas de café.

On peut dire que je l'ai bien cherché...

Je suis plutôt satisfaite de ma journée. Le calme relatif régnant en ces lieux me permet de travailler mieux qu'au fast-food et aucun chat n'est venu élire domicile sur mes genoux. Le personnel a su se faire aussi discret que ses clients et j'ai bien rempli toutes mes tâches. Un seul bémol : je me sens obligée de consommer pour pouvoir rester ici. Pour remplir mes neuf heures de travail, j'ai dû boire sept thés aux noms improbables et avalé pas moins de quatre gâteaux. Autant dire que le télétravail risque de me coûter cher, aussi bien d'un point de vue financier que physique. Je me demande si je passerai encore les portes d'ici à deux semaines.

Je suis en train d'éteindre mon ordinateur quand je sens une présence très proche. En levant les yeux, je constate avec surprise que le propriétaire s'est installé en face de moi. Tranquillement accoudé à ma table, il m'observe avec un déstabilisant sourire.

— Euh, il y a un souci ? m'inquiété-je.

Mentalement, j'établis une liste de faux pas que j'aurais pu faire. Certains établissements ne permettent pas aux clients de rester plus d'un certain temps. C'est peut-être le cas de celui-ci. Je culpabilise. Mais en même temps, il n'avait qu'à afficher des règles claires plutôt que venir me faire des reproches après coup. Voilà, oui, des règles c'est très bien, j'adore ça.

Les coudes posés sur la table, il me scrute sans prononcer un mot, ce qui me met encore plus mal à l'aise.

— Il fallait me dire s'il y avait un problème, vous savez. Je ne peux pas tout deviner, je ne sors pas souvent. Enfin, je veux dire, si, j'ai quand même une vie sociale.

Mensonge !

— Mais, je n'ai pas l'habitude des établissements tels que celui-ci, complété-je.

Voilà, ça, c'est crédible.

Comme il ne répond toujours pas, je me demande si je l'ai offensé avec mon « des établissements tels que celui-ci ». Certaines personnes sont susceptibles et je ne mesure pas toujours la portée de mes propos.

— Soufflez, mademoiselle. Il n'y a aucun souci.

J'expire, soulagée, en réalisant le ridicule de mon comportement.

— Je suis désolée, je croyais que j'avais fait quelque chose de mal. Je n'ai pas l'habitude que les employés s'asseyent avec les clients. Ce qui n'est pas un reproche, loin de là.

Je remarque la petite étincelle moqueuse dans ses prunelles.

— Je parle trop, c'est ça ?

— En fait, je me suis simplement installé à votre table parce que, comme un chat, je suis curieux, fait-il en éludant ma question.

— Curieux ? Mais de quoi ?

— De vous.

À mon tour de le regarder sans rien dire. Il hoche la tête.

— Oui. Qu'est-ce que vous faites ?

D'un signe de la main, il désigne mon ordinateur.

— Oh, je travaille.

— Dans quel domaine ?

Je le dévisage en plissant les yeux. En quoi ça le regarde ?

— Simple curiosité.

— Je suis employée dans une boîte qui aide d'autres boîtes à développer leur image sur Internet.

Dit comme ça, ça fait un peu réunion Tupperware, toutes ces boîtes. Je joue avec mes doigts, mal à l'aise.

— À distance ?

— Eh bien, il y a eu une avarie sur mon lieu de travail.

Pas besoin de lui expliquer que je suis à l'origine du *problème*.

— Ensuite, il y a eu une panne d'Internet à mon domicile, qui se trouve juste en face de votre café.

— Vous cumulez les problèmes.

Et encore, ça ne fait que vingt-quatre heures qu'il me connaît.

— J'aime combattre l'adversité.

Ça ressemble au genre de phrase qu'on pourrait prononcer pendant un entretien d'embauche. Je me reprends.

— Donc, je suis ici en quête d'un peu de Wi-Fi. Normalement, je devrais venir dans votre établissement pour une durée de quatre semaines environ, si vous n'y voyez pas d'inconvénient.

Il accueille mon aveu d'un rictus espiègle.

— Je me demandais combien de thés vous pouviez descendre avant de me dire ce que vous faites réellement là. Maintenant, j'ai la réponse.

— Pardon ?

— Même si nous nous efforçons de proposer des prix accessibles, vos consommations sur une durée aussi longue vont vous coûter très cher. Vous auriez pu m'en parler tout de suite, de votre souci de connexion, ça vous aurait facilité la tâche.

Alors que je cherche mes mots, un miaulement rauque attire mon attention. À nos pieds, un chat de type siamois semble vouloir solliciter quelque chose de la part du patron, lequel tend le bras pour attraper une friandise disposée dans un petit bocal sur la table. Il la donne à l'animal, qui se met à ronronner en mordillant sa croquette.

— Prenez exemple sur Hubble. Il ne tourne pas autour du pot. Il sait ce qu'il veut et il me le demande directement.

Je hausse un sourcil étonné.

— Vraiment ? Parce que si je vous l'avais demandé, vous auriez accepté que je traîne dans votre bar à chats gratuitement ?

— Non.

J'éclate d'un rire ironique en secouant la tête.

— Alors à quoi est-ce que ça m'aurait avancée de vous exposer mon problème ?

À moitié perché sur la jambe de son maître, Hubble réclame une deuxième friandise. Comme l'humain se contente de gratifier son chat d'une caresse sur la tête, le félin s'en va, frustré.

— Demander quelque chose, c'est s'exposer à un refus, mais c'est aussi s'offrir une chance d'une acceptation. Par souci d'équité avec mes clients, je ne vais pas accepter que vous restiez ici sans consommer. En revanche, vous possédez quelque chose qui m'intéresse beaucoup plus que votre argent.

Je m'étrangle aussitôt.

— Écoutez, monsieur, ce n'est pas parce que hier je suis descendue dans votre bar à chats en brassière et en legging que je suis prête à vous offrir mon corps. Si je suis venue affublée de la sorte, c'est uniquement parce que j'ai cru que vous teniez une salle de sport.

Plutôt que de s'offusquer, l'inconnu s'esclaffe. Je suis presque vexée.

— J'avoue que le nom peut prêter à confusion, mais le chat qui somnole dans sa tasse sur la devanture aurait pu vous mettre la puce à l'oreille.

Je me retiens de lui dire que j'étais bien trop absorbée par mon téléphone pour m'occuper de sa vitrine.

— De toute manière, quelle que soit votre tenue, vous méritez le respect. Et puis ce n'est pas votre corps qui m'intéresse, mais ce qui se passe dans votre tête.

Je plisse le nez, de plus en plus perdue.

— Vous travaillez dans le marketing, c'est ça ?

— En effet, monsieur.

J'attends la suite, à la fois curieuse et suspicieuse.

— Moi, j'adore mon métier. Servir mes clients, les écouter, ça me comble. Par contre, je suis nul pour tout ce qui concerne Internet et les réseaux sociaux. Comme les vieux ! Alors que ça pourrait me permettre de me faire connaître.

Je hoche la tête, méfiante.

— Je vous propose un accord. Vous créez un site Internet qui révèle l'âme de *La Souplesse du Chat*. En échange, vous pouvez consommer tout ce que vous voudrez jusqu'à ce que vous soyez en mesure de retourner travailler dans votre entreprise. Qu'en dites-vous ?

Je prends quelques instants pour englober les lieux d'un regard calculateur. Cet endroit est un bar cosy, un peu intimiste. Les gens ne viennent pas ici pour la beauté de la décoration, qui n'a rien d'exceptionnel. Des tables en bois simple, des chaises sans réels ornements, des fauteuils usés… Des arbres à chat longent les murs bariolés, ornés de rares tableaux qui ne me disent rien. Pour ce qui est du thé… je n'en suis pas une grande amatrice, donc je ne peux pas juger de sa qualité. Quant au patron, il est sans le moindre doute le point le plus agaçant de cet endroit. J'en conclus que les clients viennent poser leurs fesses sur ces fauteuils démodés pour caresser des chats, si bizarre que ça puisse paraître. Je ne vois rien d'autre qui pourrait les pousser à choisir ce lieu. À part le Wi-Fi, bien sûr. Il me suffira donc de créer un site basique en mettant quelques photos de chats, ce qui ne devrait pas me prendre plus de deux à trois heures en comptant large. En clair, j'ai tout intérêt à accepter l'accord de cet homme.

— Je suis partante.

Je lui tends la main pour acter notre pacte.

— Vous voulez passer un deal avec quelqu'un dont vous ne connaissez pas le nom ?

Un soupir m'échappe. Il a raison. Je trouve les gens tellement inintéressants qu'ils ont tendance à passer au second plan, pour moi.

— Désolée. Je m'appelle Sélina. Et vous ?

— Je suis Lao Hu.

Sans savoir expliquer pourquoi, je trouve que son nom lui va comme un gant. L'espace d'un instant, je suis tentée de lui demander ce que ça veut dire, mais je m'abstiens de lui poser la question pour ne pas le déranger.

Un doux fourmillement réchauffe ma paume lorsqu'il s'en saisit. Je n'avais pas remarqué que j'avais froid.

— Voilà, nous l'avons, notre accord. Et n'oubliez pas, la prochaine fois, demandez directement. Le mot « non » n'a jamais tué personne.

— C'est ce qu'on verra, décrété-je en me levant pour rassembler mes affaires. J'espère que vous serez satisfait de mon travail.

— J'ai confiance en vous.

Sur ces mots qui m'étonnent, après tout on ne se connaît quasiment pas, je l'abandonne et retourne chez moi en songeant à ce qu'il m'a dit. C'est vrai que j'essaie toujours de me débrouiller par moi-même, ce qui n'est pas une mauvaise chose, à mon sens. Mais parfois, j'ai besoin des autres, et lorsque cela arrive, j'ai tendance à emprunter des détours, à tourner autour du pot plutôt que d'aller droit au but. En arrivant chez moi, je remarque que mes clés de voiture ne sont pas là. Sophie a dû prendre mon véhicule pour se rendre au travail. La pauvre, elle aurait dû solliciter mon aide dès que l'incident est arrivé plutôt que de marcher dans le froid !

Est-ce que ça m'a gênée qu'elle demande à emprunter ma voiture ? Un peu, oui. Parce que ça a contrarié mes plans et je suis tout sauf quelqu'un d'adaptable. Mais passé les cinq premières minutes, j'avais oublié mes tracas, j'étais ravie de l'aider et elle, elle avait une solution à son problème.

Et moi, j'aurais gagné du temps et j'aurais ingurgité moins de calories si j'avais été claire sur mes intentions dès le départ.

Conclusion, le conseil de Lao Hu n'est pas entièrement mauvais. Il est même plutôt bon, et je ferais certainement mieux de le suivre.

Chapitre 4

Le temps passé avec les chats
n'est jamais gaspillé.

Sigmund Freud

Ma routine matinale ne change jamais vraiment. Je bondis hors de ma couette comme si mon lit me crachait littéralement sur le parquet, je prends une douche éclair, bois un café debout, en lisant mes mails – quand j'ai du réseau – sans attendre qu'il ait refroidi. Mon œsophage est plus résistant que le titane, à force. Puis je grignote un truc dans la voiture après m'être brossé les dents. Je sais, c'est incohérent, mais ce n'est pas comme si j'avais le temps de me préparer des tartines et, pire, de les manger pour après courir à la salle de sport – la vraie – éliminer le gras du beurre et le sucre de la confiture.

Être en télétravail depuis *La Souplesse du Chat* me permet non seulement de sauter l'étape « voiture », mais aussi celle du petit déjeuner, que je peux prendre sur place sans débourser un centime tout en avançant sur mes dossiers.

Bien entendu, je n'ai pas l'intention d'abuser de ce marché. Je vais rendre un travail satisfaisant, mais sommaire, aussi, je ne vais pas les ruiner en consommant à outrance. C'est pourquoi je suis surprise de voir deux tartines accompagner ma tasse de thé alors que je me suis contentée de commander le seul breuvage. Je lève un regard surpris sur Lao Hu en me débarrassant de mes écouteurs pour lui faire savoir s'il s'est trompé de commande, mais il me devance.

— C'est cadeau.

— Merci. Mais qu'est-ce qui vous prouve que je n'ai pas déjà pris mon petit déjeuner ?

Si c'était le cas, j'aurais été obligée d'en manger un deuxième, ou il aurait fallu qu'il jette la nourriture. Aucune des deux options n'aurait été satisfaisante.

— Les gargouillis de votre ventre sont, à mon sens, une preuve conséquente.

Je me sens rougir. Avec mon casque, je n'entends rien. Mais il est vrai que mon estomac se tord de faim.

— Et puis, il y a ça.

Il passe un doigt sur mon visage dans une caresse si légère que je ne suis pas certaine qu'il m'ait réellement touchée. Je secoue la tête pour chasser mon trouble.

— Quoi ?

— Vous avez encore la marque des draps sur la joue.

— Oh !

Il rit doucement. Pas moi.

— Pardon.

— Oh, ce n'est pas auprès de moi que vous devez vous excuser, j'ai vu pire au saut du lit.

— Si vous le dites…

— Je parie que vous êtes du genre à bondir hors de la couette et à foncer droit dans la salle de bains pour un passage éclair sous la douche. Je me trompe ?

— Qu'est-ce qu'il y a de gênant à ça ?

— De gênant, rien, mais regardez Manalipa.

— Manalipa ?

Il désigne un grand chat au long pelage tigré, roulé en boule sur un coussin non loin de nous. Il vient juste d'ouvrir les yeux et bâille à s'en décrocher la mâchoire, après quoi il se lève doucement et commence à s'étirer avec une lenteur exaspérante. Il tend une patte, puis une autre, fait le dos rond puis l'étire également. Il bâille à nouveau et, seulement après, jette un coup d'œil circulaire autour de lui avant de commencer à se laver, toujours avec la même parcimonie.

— Qu'est-ce que vous en dites ?

Je souris.

— Ce que j'en dis ? Je n'aimerais pas l'avoir sur la route, devant moi. Si c'était un humain, je suis sûre qu'il serait du genre à rouler à cinquante kilomètres à l'heure en dehors de la ville !

Lao Hu rit à nouveau.

— Moi, je le trouve paisible.

— En effet, il a l'air content de lui.

Le matou nous observe quelques instants de son regard calme, comme s'il savait que nous l'examinons, avant de s'éloigner pour approcher d'une mamie qui semble ravie d'accepter de lui donner les caresses qu'il quémande.

— L'étirement permet d'augmenter la température corporelle et stimule la circulation sanguine.

— C'est super, mais j'ai du chauffage à la maison. Et aucun problème cardiovasculaire, merci. J'ai à peine trente ans.

Trente plus un serait plus précis. Oui, j'ai décidé de m'arrêter de compter à trente.

— Certes, mais il n'y a pas d'âge pour éprouver du plaisir, pas vrai ?

— Quoi ?

Cette fois, il me cherche, c'est sûr. D'ailleurs, il se marre. Qu'est-ce que c'est que ce patron de café totalement perché ?

— S'étirer permet également la sécrétion d'endorphines. Est-ce que j'ai besoin de vous expliquer ce que c'est ?

C'est l'hormone du bien-être par excellence. On la produit en grande quantité lors de l'orgasme, par exemple. Ou lorsqu'on fait du sport. J'avoue que cela fait un moment que je n'ai pratiqué ni l'un ni l'autre. Du coup, je suis presque tentée de m'étirer pour faire le test, mais je m'abstiens, par fierté.

— Non, je vois très bien.

Il attend, un sourire en coin, l'œil pétillant. C'est vrai qu'il est mignon, un peu mystérieux, et certains de ses propos ne manquent pas de sagesse, mais son charme n'opère pas sur moi. S'il espère que je vais boire ses paroles comme une groupie, il se fiche le doigt dans l'œil. Je suis vaccinée contre les gourous en tout genre et je déteste qu'on vienne se mêler de ma vie.

— Écoutez, Lao Hu, merci du conseil, mais ce que je fais de mes matins, de mes journées et de mes nuits ne regarde que moi.

Je croque dans le morceau de pain qu'il m'a préparé en espérant qu'il va partir. Ce qu'il ne fait pas.

— Merci pour votre tartine, elle est délicieuse. Maintenant, si vous n'y voyez pas d'inconvénient, je vais vous demander de me laisser. Non seulement je dois gérer mon travail habituel, mais en plus il faut que je m'occupe de votre site. Vous voyez, je n'aurai même pas le temps de bâiller.

— Le temps, vous l'avez, Sélina. Tout comme vous avez le choix de le prendre ou pas, me sermonne-t-il en se levant pour aller s'occuper d'autres clients.

Il m'énerve, à la fin ! Comme si j'avais le pouvoir de ralentir ou d'accélérer le temps ! Le temps se compte en heures, en minutes, en secondes, dont la durée est scientifiquement établie. Je ne peux ni l'allonger ni l'étrécir, et le seul choix que je détiens réellement n'est autre que ce que j'en fais. C'est pour cette raison que je me plonge aussitôt dans mon travail tout en grignotant mon petit déjeuner. Je suis ce que je fais, et ne rien faire de mon temps me fait ressentir un vide dérangeant. Lao Hu a dû finir par comprendre qu'il m'agaçait profondément, puisqu'il ne m'a pas dérangée avec ses vaines paroles en venant débarrasser ma table. J'ai donc pu avancer à une vitesse satisfaisante sur certains dossiers.

De temps à autre, je l'observe à la dérobée. Ses déplacements sont lents, quoique teintés d'une indéniable élégance. Effectivement, on peut dire qu'il prend son temps, ce qui ne semble pas agacer les clients alors que moi, ça me rend folle. La plupart des gens semblent le connaître. Il n'hésite jamais à s'installer avec eux lorsque ceux-ci le sollicitent et ils discutent longuement ensemble.

Je ne m'adresse à lui que pour lui demander quelques informations importantes sur *La Souplesse du Chat*, comme sa date d'ouverture, afin de les mettre sur le site que je suis en train de créer en parallèle de mon travail. Je me saisis d'un menu sur la table voisine pour dresser un onglet mentionnant les différents thés servis dans l'établissement pour ne pas avoir à questionner le patron. J'attends un moment d'accalmie pour photographier les lieux sans clients, après quoi il ne me reste plus qu'à prendre en photo les neuf chats qui font la réputation de l'établissement.

Je suis tellement concentrée sur ma besogne que je sursaute lorsque Lao Hu m'interpelle en prononçant mon prénom.

— Sélina, je vais fermer.

Étonnée, je constate qu'il n'y a plus un chat – façon de parler – avant de vérifier l'heure à ma montre. J'ai été tellement absorbée par mon travail que je n'ai pas vu les heures défiler.

— Je n'ai pas perdu de temps, votre site est pratiquement prêt. Vous voulez jeter un coup d'œil ?

— En effet, votre tâche vous a accaparée à un tel point que vous avez oublié de commander à boire et à manger pour le reste de la journée.

Maintenant qu'il le dit, c'est vrai que je meurs de soif et de faim. Je coule un regard gourmand en direction du comptoir, espérant récolter un sandwich, un gâteau ou un verre d'eau de la part de mon interlocuteur, mais l'homme reste de marbre. Je décide d'appliquer ce que j'ai appris hier et demande directement ce que je veux.

— Je viens de finir de nettoyer la cuisine, navré. Il n'y a plus rien à manger. Mais c'est bien de m'avoir sollicité.

Il me cherche, là, non ?

— Vous voulez voir mon travail ou pas ?

— Oui, bien sûr, allons-y.

Il s'assied d'un mouvement souple, presque félin. Je suis plutôt sûre de moi lorsque je tourne l'ordinateur dans sa direction afin qu'il puisse découvrir ce qui m'a pris tant de temps.

— Non.

Ces trois lettres ne m'ont jamais autant déstabilisée.

— Non, quoi ?

— Non, je n'aime pas. Votre travail ne rend pas compte de ce qu'est mon établissement. *La Souplesse du Chat* n'est pas uniquement un endroit où les gens viennent boire un thé et manger un gâteau.

Non, mais pour qui il se prend, lui ?

— Alors, c'est quoi ?

— Ce n'est pas à moi de vous le dire, mais à vous de le trouver. Quand vous saurez, votre site sera parfait.

— C'est quoi cette réponse énigmatique à deux balles ?

Ses yeux noirs se plissent en deux fentes étroites. Mince, est-ce que j'ai parlé tout haut ?

— Aussi, je vous conseille d'effacer les photos de mes chats, elles sont nulles.

— Nulles ? Mais… écoutez, vous m'avez demandé de créer un site pour votre café, et c'est ce que j'ai fait ! Je travaille dans le milieu de la pub depuis de nombreuses années, alors je sais que…

— Non ! me corrige-t-il en tapant doucement sur la table. Je vous ai demandé de révéler l'âme de mon établissement et ce n'est pas ce que vous avez fait.

J'ouvre la bouche pour protester avant de réaliser qu'il a raison. C'est bien ce qu'il a dit.

— OK. Qu'est-ce que vous attendez de moi ?

— N'agissez pas dans la précipitation, rien ne presse. Prenez simplement le temps de faire connaissance avec chacun de mes chats, avec mon bar, et peut-être avec vous-même, qui sait. Ce n'est que lorsque vous aurez saisi l'essence de *La Souplesse du Chat* que vous saurez la révéler aux autres. On ne peut pas traduire ce que l'on ne comprend pas.

Je l'avoue, mon travail du jour a été bâclé, mais ses leçons de philosophie m'énervent. Aussi, je me lève brusquement et commence à rassembler mes affaires.

— Très bien, je l'admets. Je peux faire mieux.

— Vous avez entièrement raison.

— Je recommencerai demain.

— Et je vous attendrai avec plaisir.

Pour mieux me torturer ?

En rentrant à la maison, je récupère un colis dans la boîte aux lettres et le pose sur la table du salon. Je viens à peine d'ouvrir le frigo pour me préparer à dîner quand Gria m'appelle pour savoir si j'ai bien avancé sur le dossier de Werta, une boîte spécialisée dans la vente de matériel informatique. Ce coup de fil me permet de me rappeler que je dois encore régler les derniers détails sur cette affaire. Par chance, ça ne nécessite pas de connexion à Internet. Aussi, je me prépare simplement un sandwich que j'engloutis tout en travaillant. Demain matin, je l'enverrai à Gria dès mon arrivée à *La Souplesse du Chat*.

Je suis en train d'apporter les dernières modifications quand un cri perçant me fait sursauter. Je détache mon regard de l'ordinateur pour le poser sur Sophie. J'étais tellement concentrée sur mon travail que je ne l'ai pas entendue rentrer. Sautillante, elle me sourit en désignant le colis.

— C'est un cadeau de Tof.

Tof, c'est Christophe, son petit ami rencontré sur les bancs du lycée. Plutôt fusionnels, ils ont été forcés de se séparer lorsqu'il a été muté à Aubagne, dans le sud de la France, pour son travail.

Elle déchire lentement l'emballage.

— Moi, je l'aurais ouvert plus vite que ça.

— Je sais. Mais moi, j'aime prendre le temps de savourer chaque seconde d'attente.

Prendre le temps. Les gens n'ont que ça à la bouche. Ils se sont donné le mot ?

Lorsqu'elle voit le contenu du carton, son visage s'éclaire.

— Alors, tu me montres ce qui te rend si joyeuse ?

Elle s'exécute, toute guillerette.

— Un casque audio ?

— Oui, mais pas n'importe lequel. C'est un bijou de la high-tech. Celui-ci est fait pour dormir sans entendre le bruit ambiant.

Je souris, sincèrement heureuse pour elle. Avec les horaires décalés liés à son travail d'infirmière, elle a souvent du mal à trouver le sommeil à cause des bruits de la vie quotidienne.

— Avec ça, plus de bruits de tondeuse, plus de sonnette du livreur, rien d'autre que Morphée, ses bras et moi.

— C'est génial ! Je suis contente pour toi, tu as besoin de repos.

Elle acquiesce avec entrain. Soudain, ses yeux se mettent à pétiller.

— Tu veux qu'on teste ?

— Maintenant ?

Je suis tentée de refuser. Je suis crevée. Mais ça ne prendra qu'une minute et ça a l'air de lui tenir à cœur, alors j'accepte. Elle coiffe son casque et me regarde en attendant que je réagisse. Je tape dans mes mains. Elle secoue la tête, alors j'applaudis plus fort.

— Crie.

— Moi, crier ?

J'essaie, avec l'impression de ne pas avoir réussi à vider mes poumons. Il fut un temps où j'avais de la voix, pourtant. Quoi qu'il en soit, l'expérience semble plaire à Sophie, qui ôte son casque avec un énorme sourire.

— Ce truc, c'est la meilleure invention depuis la perche à selfie ! J'ai hâte de dormir avec. Bon, je file au boulot.

— OK. Ne travaille pas trop.

Elle éclate de rire.

— Et c'est la fille au bord du burn out qui me le dit ?

Là-dessus, elle s'en va, me laissant seule avec mon questionnement. Un burn out, moi ? Et puis quoi encore ? Je gère !

Le lendemain, je recommence ma routine matinale à une exception près. Chacun de mes actes est accompli sciemment. Je me précipite hors de mon lit et cours jusqu'à la salle de bains. S'étirer ? Pas question ! Je n'ai pas une minute à perdre. Ma nuit agitée m'a permis de me rendre compte qu'il me restait encore quelques points à ajouter à mon dossier pour Werta, si bien qu'il faut que je me dépêche pour pouvoir tout envoyer en temps et en heure. Aussi, je m'introduis sous la douche sans attendre que l'eau chauffe et me plie en deux pour prendre le savon. Surprise par la froideur du jet, j'appuie trop fort sur le flacon et envoie une giclée de gel sur le sol de la douche. C'est juste à cet instant que je me souviens avoir branché mon téléphone sur le mauvais chargeur. Celui dont le câble est trop usé et entraîne des risques de court-circuit. Histoire d'éviter un incendie, je fais un pas en arrière pour sortir de la douche, marche sur le savon que j'ai renversé et glisse sur la surface poisseuse. Je me penche en avant puis en arrière dans le vain espoir de trouver mon équilibre. Puis je me rattrape comme je le peux au rideau de douche avec tant de force que la barre le soutenant se décroche et va percuter la porte en même temps que je m'écrase sur le sol, la tête sur le carrelage et les jambes encore sous l'eau, emmêlées dans un morceau de rideau déchiré.

Aïe. J'ai mal partout.

Un cliquetis résonne. C'est la clé de la salle de bains qui vient de tomber par terre. Je rampe pour m'en emparer, ce serait quand même malheureux de rester enfermée ici. Mon corps tout entier est douloureux à chacun de mes mouvements, mais je ne lâche pas prise. J'y suis presque ! Je tends la main pour saisir la clé. Un peu trop vite. Sans le vouloir, mon index la percute. Je tente de la retenir en tendant le bras. Plus rapide que moi, elle glisse sous la porte en direction du couloir.

Me voilà prise au piège.

J'hésite quelques instants à réveiller ma colocataire. Contrairement à moi, le sommeil est sacré pour elle. J'essaie d'abord de trouver un objet qui me permettrait de récupérer la clé, mais aucun n'est assez fin pour passer sous la porte. Si au moins, je savais comment on crochète une serrure, ou si j'avais pris mon téléphone avec moi plutôt que de l'avoir laissé à charger, j'aurais pu appeler quelqu'un d'autre, mais ce n'est pas le cas. Je n'ai pas d'autre choix que de réveiller mon amie.

— Sophie ! Sophie !

C'est en criant son prénom pour la neuvième fois que je me souviens de ce casque antibruit qu'elle avait dit vouloir mettre pour dormir. Une chose est sûre : il est efficace. Christophe a fait un sacré bon achat. Et moi, je suis dans de beaux draps. Sans grande conviction, je frappe le battant du plat de la main, jusqu'à ce que mes paumes deviennent douloureuses. Et il n'y a même pas de fenêtre pour me permettre d'appeler à l'aide, ou ne serait-ce que de voir la lumière du jour.

Sachant que Sophie ne se réveillera pas avant seize heures, au mieux, je peux dire au revoir à ma journée de travail. J'éprouve une sensation de vertige à l'idée de perdre autant d'heures et surtout, à la perspective de passer autant de temps seule avec moi-même.

Je passe les premiers instants à revoir mentalement mes dossiers en cours. Je dédie bien une heure à maudire Lao Hu pour mille et une raisons différentes, mais c'est surtout contre moi-même que ma colère est dirigée. Peut-être que si j'avais écouté le patron du bar à chats, les choses auraient été différentes. Si je ne m'étais pas précipitée sous la douche comme un boulet de canon, j'aurais pensé à brancher mon téléphone sur le bon chargeur et je ne serais pas enfermée dans six mètres carrés. En même temps, personne ne m'a jamais appris à prendre mon temps. Je tiens de mes parents ma soif de productivité. Si je ne me sens pas capable de lâcher du lest, je me demande si le fait de ralentir sensiblement la cadence ne serait pas une bonne idée.

Je passe le reste de la journée allongée sur le sol, sans rien à faire d'autre que d'écouter les bruits de la rue dans le meilleur des cas, ou simplement celui que mon souffle produit en passant par mes narines. Les minutes cessent d'exister et je m'assoupis.

Chapitre 5

La curiosité est la base essentielle de l'éducation,
et si vous me dites que la curiosité a tué le chat,
je vous répondrai simplement
que le chat est mort avec noblesse.

Arnold Edinborouh

— Sélina ?

Tirée de mon sommeil par la voix de Sophie, j'ouvre les yeux et les laisse s'habituer tranquillement à la lumière artificielle. Mon corps entier est engourdi après m'être assoupie sur le carrelage froid, aussi, une fois n'est pas coutume, je prends le temps de m'étirer. J'entrelace mes doigts et porte mes bras au-dessus de la tête. Je tire vers le haut puis vers l'arrière en inspirant profondément. Je bloque ma respiration en cours avant de la relâcher et répète la manœuvre, sentant mes muscles se tendre et se détendre un par un. Enfin, je bâille, ce qui me procure un profond sentiment de bien-être en dépit des quelques courbatures qui subsistent.

— Qu'est-ce que tu fichais endormie dans la salle de bains ?

Toujours assise sur le carrelage, je lui adresse un sourire en me grattant la tête.

— Tu sais bien comment je suis, le matin. J'ai voulu foncer sous la douche et une fois sous le jet, j'ai réalisé que j'avais mis mon téléphone à charger sur le mauvais chargeur. J'ai glissé, voulu m'accrocher au rideau de douche, mais celui-ci est tombé avec moi. Dans sa chute, la barre a tapé dans la porte, faisant tomber la clé. En voulant la rattraper, je l'ai envoyée sous le battant. J'ai passé les premières heures de la matinée à compter les moutons, ce qui dans mon jargon se traduit plutôt par maudire la terre entière, puis j'ai fini par m'assoupir.

Le rire de Sophie couvre mes paroles. Je la comprends, je me marrerais aussi si je n'étais pas en retard sur mes dossiers. Soudain, elle s'arrête.

— Attends, tu as dit « les premières heures de la matinée » ?

— C'est bien ça. J'ai passé ma journée enfermée dans la salle de bains. On peut dire que ton casque est efficace !

Sa bouche s'ouvre sous l'effet de la surprise. Puis elle s'esclaffe à nouveau.

— La journée ? Ma belle, tu as passé la journée et la nuit sur le carrelage ! Nous sommes vendredi matin.

— Vendredi ?

— Oui. On m'a appelée hier soir pour une urgence au boulot, si bien que je n'ai même pas eu le temps de filer sous la douche. Moi, je pensais que tu étais encore au café, alors je n'ai pas pensé à te chercher ici.

— Oui, je comprends. Je ne te reproche rien. J'ai juste du mal à réaliser que j'ai passé près de vingt-quatre heures à dormir.

— Tu devais en avoir sacrément besoin, confirme Sophie en me tendant la main pour m'aider à me lever. Je vais dormir aussi, je suis éreintée.

Et moi, je me sens bien moins fatiguée que d'habitude. Alors que Sophie m'abandonne pour retrouver son lit, je prends le temps d'étirer une nouvelle fois mes muscles endoloris, puis j'entre sous la douche sans me précipiter, puisque, à présent, je sais que l'empressement peut parfois nous jouer bien des tours. Je ferme les yeux de plaisir quand l'eau chaude caresse mes muscles engourdis. Lorsque l'image de Lao Hu se dessine derrière mes paupières, je ne la chasse pas.

Un peu plus tard, je suis attablée à *La Souplesse du Chat* en train de prendre un petit déjeuner digne de ce nom tout en lisant mes mails. Alors que je délaisse mon ordinateur pour étaler le beurre sur ma tartine, je tombe sur Lao Hu, tranquillement installé devant moi.

— Je ne vous ai pas entendu vous asseoir.

Je ne lui fais pas de remarque sur le fait que je ne l'ai pas invité à partager ma table, j'ai bien compris qu'il n'en fait qu'à sa tête.

— Je sais me faire discret.

— Tant mieux.

J'accompagne ma réplique d'un sourire pour qu'il saisisse que je le taquine. Ce n'est pas un reproche. Il me rend un sourire charmeur. Je me détourne pour enfourner ma tartine dans la bouche. J'ai tout de même passé presque deux jours sans m'alimenter, alors je ne m'embarrasse pas de bonnes manières et engloutis mon pain sans me soucier du regard du patron.

— Vous avez l'air en forme. Et affamée.

— Je le suis. J'ai passé vingt-quatre heures à dormir.

Il m'offre une moue étonnée.

— Vraiment ? Moi qui pensais que seul un cataclysme majeur pouvait vous empêcher de venir travailler…

— Vous avez remarqué que je ne suis pas venue, hier ?

J'ai bien noté que malgré la taille modeste de notre petite ville, le bar à chats ne désemplit pas. Je suis donc surprise qu'il ait porté son attention sur ma présence alors que je ne suis pas une des clientes qui le sollicite le plus, bien au contraire.

— Je suis quelqu'un d'observateur. J'aime bien savoir ce qui se passe autour de moi. Et puis, vous êtes loin de passer inaperçue.

Je ne sais pas s'il dit ça parce que j'ai tendance à l'agacer ou pour une autre raison. Je décide de ne pas poser de questions de peur de ne pas apprécier la réponse que je pourrais entendre.

— Comment en êtes-vous arrivée à dormir pendant près de vingt-quatre heures ? C'est parce que je vous ai dit de prendre votre temps ?

Je lui dédie un sourire espiègle.

— J'admets à présent que votre conseil était avisé. Mais je ne l'ai pas suivi. J'en ai plutôt fait l'expérience.

— Ah oui ? Je veux tout savoir.

En riant, je lui raconte comment voulant gagner du temps, j'ai glissé sous la douche et perdu une journée complète.

— Si on n'était pas venu me réveiller dans la salle de bains, je pense que je dormirais encore.

— J'en conclus que vous ne vivez pas seule, je me trompe ?

J'écarquille les yeux, étonnée. Même si moi aussi, j'ai envie de savoir ce qu'il fait de sa vie privée, j'évite toujours de poser des questions trop personnelles. Pour moi, la curiosité est un défaut et non une qualité. Même si pour une raison que j'ignore, je suis flattée qu'il s'intéresse à ce que je fais en dehors de mon travail.

— Euh, oui, éludé-je.

— Alors, Matuvu s'est effondré pendant que vous dormiez ?

Je secoue vivement la tête.

— Non. J'ai eu deux ou trois relances de ma responsable, mais c'est tout. Je lui ai envoyé les documents qu'elle attendait avant même de commander mon petit déjeuner.

Son sourire s'élargit.

— Vous voyez bien que vous pouvez prendre un peu de temps pour faire les choses, cela n'empêchera pas la Terre de tourner sur son axe.

— Oui, vous avez raison. Cette fois… concédé-je.

— J'ai toujours raison.

Sa fausse vantardise me fait marrer. Attiré par mon rire qui ressemble au caquetage d'une poule, l'un des protégés de Lao Hu lève la tête, bondit hors de son coussin et vient vers nous d'un pas nonchalant après s'être longuement étiré.

— Hey, Muche, le salue le patron d'un câlin sur la tête.

Mais ce n'est pas lui que le félin au pelage noir et blanc est venu voir. Ses deux billes vertes braquées sur mon visage, il s'avance vers moi avec prudence, puis commence à sentir mes chaussures ainsi que le bas de mon jean, prenant son temps pour me renifler.

— Qu'est-ce qu'il fait ? Mon odeur le dérange ?

— Pas du tout. Muche est simplement curieuse et veut vous connaître. Contrairement aux humains, elle ne peut pas vous poser les questions d'usage, alors elle va chercher à vous appréhender à sa manière. Elle va flairer votre odeur, va longuement vous observer pour savoir si vous représentez une menace et si elle peut vous accorder sa confiance.

Après m'avoir reniflée pendant cinq bonnes minutes tandis que je vérifie mon planning en place, le félin s'en va en quête d'un nouveau client à appréhender. Je croise le regard de Sacha, le matou au pelage gris, qui semble ne pas perdre une miette de ma conversation avec Lao Hu.

— La curiosité est innée. Contrairement à l'humain, le chat ne cherche pas à la réprimer. C'est justement son intérêt pour le monde qui l'entoure qui lui permet de survivre. Parce qu'il prend le temps de renifler un aliment avant de le manger pour s'assurer qu'il n'est pas avarié, il ne tombe que rarement malade. Voyez-les nous scruter depuis leurs postes d'observation. Ils ne se gênent pas pour nous reluquer, nous flairer, épier chacun de nos mouvements… Alors que chez nous, les humains, la curiosité est souvent mal perçue.

— C'est vrai.

— Cette habitude de fureter leur permet de redécouvrir l'univers chaque jour.

J'acquiesce.

— Sur ce point-là, ils ont bien de la chance. J'ai souvent l'impression qu'il ne me reste plus rien à découvrir. Tout est ennuyeux.

Ou alors, c'est moi qui suis ennuyeuse.

— Alors, je vous conseillerais de redécouvrir votre propre curiosité.

— Quoi ?

— En Occident, les gens n'osent pas poser certaines questions. On retient notre propre intérêt pour nos proches de peur d'être intrusif, alors que notre interlocuteur est parfaitement libre de poser les frontières de ce qu'il veut nous avouer, ou non.

Vu comme ça, je suis plutôt d'accord avec lui.

— Je vous propose de redevenir curieuse comme un chat, ne serait-ce que pendant les vingt-quatre prochaines heures. Vous avez la liberté d'aller où bon vous semble dans mon bar, d'ouvrir n'importe quel tiroir et de fouiller pour voir ce qu'il contient. Partez à la découverte de *La Souplesse du Chat*, de ses clients, ses félins et même de son propriétaire.

Il accompagne sa suggestion d'un sourire amusé auquel je réponds.

— Je peux vous poser toutes les questions que je veux ?

— Bien sûr.

— Est-ce que vous vivez seul ?

Je me sens rougir. Je n'aurais pas dû poser cette question. Elle a franchi la barrière de mes lèvres sans mon autorisation. Pour couronner le tout, mon interlocuteur m'observe sans cacher son amusement.

— Ben alors, vous ne répondez pas ?

Son sourire ne quitte pas ses lèvres. J'ai envie de le lui arracher. D'un baiser ou d'une gifle ?

Ce que je peux être stupide !

— Vous ne respectez pas les règles de votre propre jeu.

— Au contraire. J'ai dit que vous pouviez me poser des questions librement, pas que je vous apporterais une réponse.

Premier constat : la curiosité est mère de frustration.

Sans se soucier de mes interrogations, il se lève pour aller bichonner d'autres clients sans débarrasser ma table. J'aurais préféré qu'il le fasse afin d'avoir plus de place pour travailler, mais il a dû oublier. Je pousse donc mon assiette et ma tasse sur le côté et poursuis ma besogne. Tout en avançant sur mes dossiers, je me permets d'observer les clients. Comme je ne suis pas un chat, je ne m'autorise pas à les fixer, car cela serait mal perçu. Mais je m'intéresse à leur gestuelle, à leur tenue. Je garde une oreille attentive aux conversations qui m'entourent. Peut-être que cela me permettra de comprendre l'âme de *La Souplesse du Chat*, mais quelque chose me dit que j'en suis encore loin. Plusieurs fois, je croise le regard de Lao Hu, lorsqu'il n'est pas occupé à discuter avec un client. Lui aussi, m'observe à la dérobée, comme s'il cherchait à cerner celle que je suis réellement. Moi-même, je l'ignore ! Je réfléchis aux questions que je pourrais lui poser. Elles sont tellement nombreuses qu'elles prennent une place folle dans ma tête. D'ailleurs, l'intérieur de mon crâne n'est pas le seul à être encombré. Ma table l'est toujours, même si cela fait plus d'une heure que j'ai fini mon petit déjeuner.

Comme on n'est jamais mieux servi que par soi-même, je me lève pour débarrasser mes restes, abandonnant mon ordinateur sur la table. De toute façon, cet endroit est aussi sûr qu'une banque suisse.

Chargée de mon assiette vide et des couverts, je prends la direction de ce que je pense être la cuisine, puisque j'ai vu Lao Hu y faire des allées et venues. Comme je suis chargée, je pousse le battant d'un coup d'épaule et pénètre dans les lieux.

— Dis donc ! Le service laisse à désirer, lancé-je à Lao Hu, qui me tourne le dos.

Celui que j'ai pris pour le propriétaire des lieux se retourne pour me faire face. Sauf que ce visage de femme et ces cheveux gris ne sont pas ceux de l'homme que je cherche. La version féminine et « vintage » de Lao Hu pousse un cri de surprise, ce à quoi je réponds involontairement par la pareille. Elle ne me quitte pas de ses grands yeux noirs en amande.

— Pardon, je vous ai prise pour Lao Hu.

— Je ne le suis pas.

Après quelques secondes d'inaction, je bouge pour poser mon assiette dans l'évier.

— C'est ce que j'ai cru comprendre.

— Ne laissez pas la vaisselle dans l'évier, lavez-la ! On dirait mon fils.

Est-ce que c'est la mère de Lao Hu ? Vu comme je me fais engueuler, je veux bien le croire. Je m'exécute sans plus attendre. À peine ai-je fini que la dame me remet un rouleau à pâtisserie entre les mains.

— Je suis censée assommer qui, avec ça ?

— L'ennui.

Pas de doute, c'est bien sa mère. Elle reprend :

— Étalez la pâte, s'il vous plaît.

— Vous savez que j'ai du boulot de l'autre côté de la porte ?

— Ça ne prendra guère plus de quelques minutes.

La manœuvre dure effectivement un quart d'heure. Tandis que la femme d'une cinquantaine d'années s'affaire à écraser des haricots de soja auxquels elle ajoute du sucre, j'étale la pâte puis découpe quelques ronds à l'emporte-pièce, conformément à ses souhaits. Je me rends compte que cette activité me détend, tout comme sa conversation agréable. Elle s'appelle Dan Gao, et à son accent étranger, je devine qu'elle n'est pas née en France.

Lorsque nos gâteaux sont prêts à être enfournés, l'inconnue m'autorise à partir. Je tourne les talons, prête à retrouver mon ordinateur, avant de me raviser, des questions plein la tête. Je suis un chat, après tout !

— Est-ce que vous êtes la mère de Lao Hu ?

La femme pose ses yeux sur moi quelques instants avant de commencer à disposer les pâtisseries sur une plaque huilée.

— Oui et non.

Je suppose que je l'ai mise mal à l'aise et que c'est sa façon de me faire comprendre que je suis allée trop loin avec mes interrogations.

— Pardon, je n'aurais pas dû.

Elle me sourit, amusée.

— Oh, ce n'est pas un secret d'État. Je n'ai pas mis Lao Hu au monde, mais nous étions déjà très proches avant qu'on ne s'installe en Alsace.

— Que vous vous installiez en Alsace ?

J'aimerais en savoir plus sur eux. Sur lui. Mais je devine que je vais rester sur ma faim. À sa moue, je devine que cette fois, elle n'en dira pas plus. Au moins, j'ai appris qu'il n'a pas toujours vécu dans le coin.

— Lao Hu est à la fois quelqu'un de très simple et de complexe, vous apprendrez à le connaître… au compte-gouttes.

Je ne peux qu'être d'accord avec elle.

— Ça fait longtemps qu'il a ouvert ce café ?

— Vous n'êtes pas de Werstheim ?

— Si, j'ai pratiquement toujours vécu dans cette ville, mais… je ne suis pas très observatrice.

Et c'est vrai. Je prends rarement le temps de lever le nez de mes corvées.

— Ça fera bientôt trois ans que je travaille pour Lao Hu à *La Souplesse du Chat*. Il est bon en cuisine, mais il est meilleur auprès des clients.

Je hoche vivement la tête.

— C'est clair, j'ai rarement vu un patron s'asseoir autant à table avec eux.

Dan Gao rit avec moi.

— Est-ce que vous avez l'impression que ça les dérange ?

— Pas du tout. En fait, du peu que j'ai vu, j'ai l'impression que c'est ce qu'ils recherchent.

La femme se contente d'acquiescer. Je me sens encouragée et je continue sur ma lancée :

— Je les ai entendus lui raconter leur vie. Lui demander des conseils. Est-ce que Lao Hu a un diplôme en psychologie ? On dirait une sorte de gourou.

Cette fois, Dan Gao se fige.

— Est-ce que vous l'avez entendu promettre des choses, des événements ou des changements à ces gens ?

— Non.

— L'avez-vous vu leur demander un objet ou un service de n'importe quel ordre ? A-t-il exigé quoi que ce soit de votre part, ou de celle des autres ?

Il m'a demandé de créer un site Internet pour lui, mais étant donné qu'il m'offre le réseau et les consommations gratuites, c'est un simple échange de bons procédés.

— Non, bien sûr que non.

— Alors, vous l'avez, votre réponse. Lao Hu ne prône aucun dogme, mais il porte en lui un amour profond pour son prochain. Doté d'un excellent sens de l'observation et de l'analyse, il prend le temps d'écouter ses clients. La plupart des fois, le simple fait de s'exprimer à voix haute, de vider ce qu'ils ont sur le cœur, leur permet de trouver eux-mêmes leur propre chemin. Si vous faites attention, vous remarquerez qu'il est rare que Lao Hu les conseille, et que cela ne survient que lorsqu'il le juge nécessaire. La plupart du temps, ses conseils sont avisés parce qu'il a justement pris la peine d'observer et d'écouter réellement ceux qui frappent à sa porte pour trouver le bonheur.

C'est vrai que je n'ai pas tellement fait attention à sa façon de faire. La plupart du temps, je me contente de me laisser porter par des a priori. C'est plus rapide, moins fastidieux et, la plupart du temps, plus foireux.

Après avoir remercié Dan Gao, je retourne à ma place, d'où je travaille tout en restant ouverte à ce qui se passe autour de moi.

Alors que je suis en train de répondre à un mail de Sylvie, ma supérieure directe, la porte d'entrée s'ouvre avec fracas. On ne peut pas louper l'arrivée bruyante d'une adolescente qui fonce droit devant elle comme un boulet de canon pour aller s'asseoir à une table proche de la mienne. Je note, intriguée, ses yeux rougis des larmes qui ruissellent encore sur ses joues. Je pense à un de ces chagrins d'amour, si fréquents à cet âge, qui vous terrassent avec cette puissance que le prisme de la jeunesse décuple à l'infini. Et comme on est tombé, on se relève, la plupart du temps. Sans chercher à cacher ses sanglots, la jeune fille semble être en quête de quelque chose, ou de quelqu'un. Son visage se détend imperceptiblement quand le propriétaire des lieux s'installe en face d'elle et lui prend la main avec une tendresse qui me désarçonne. Il ne dit rien, pas un mot. Il ne lui offre que son attention bienveillante, et c'est tout ce qu'il faut à cette adolescente pour commencer à se livrer. La cause de sa peine n'est pas un chagrin d'amour, mais la peur de l'échec scolaire pour cette fille qui se met trop de pression. Je me reconnais en elle, moi aussi, je voulais absolument réussir. Sauf que l'adolescente rencontre de réelles difficultés liées à un handicap, qui l'empêche d'aller aussi loin et aussi vite qu'elle le voudrait.

Conformément à ce qu'a dit Dan Gao, Lao Hu ne lui fait pas de fausses promesses. Sa manière de rassurer cette fille est tout autre. Il lui pose diverses questions afin qu'elle puisse se rendre compte par elle-même qu'elle n'est pas aussi « nulle » qu'elle le croit. En entendant ses propres réponses, elle reprend confiance en elle. Et lorsque enfin un petit sourire se dessine sur les lèvres maquillées de rose, c'est mon cœur qui trouve son soulagement. Quand le propriétaire se lève pour aller servir un autre client, c'est sur moi que son regard se pose, comme s'il cherchait, là encore, les blessures dont il peut me guérir.

Mais pour les panser, encore faudrait-il que je sois prête à les dévoiler.

La Souplesse du Chat n'est pas un café comme les autres. On n'y vient pas seulement pour déguster des pâtisseries exotiques ou des breuvages venus d'ailleurs. À la douceur des gâteaux, à la chaleur rassurante du thé, Lao Hu ajoute un soupçon de magie qui soigne les blessures de l'âme.

Quand l'heure de fermeture approche et que les clients se font plus rares, je commence à ranger mon matériel. Lao Hu laisse tomber ce qu'il était en train de faire pour traverser la pièce de cette démarche élégante et féline qui arracherait des larmes de jalousie aux danseurs classiques. Il tire une chaise sans un bruit et s'installe devant moi pour me regarder remballer mon matériel. Je me rends compte que ça ne me dérange plus. En fait, je l'attendais.

— J'ai l'impression que ça va devenir une habitude.

— Quoi ? s'enquiert-il, peut-être un peu déstabilisé.

— Vous, qui vous asseyez devant moi, comme une façon de marquer chaque fin de journée. Vous le faites exprès ?

— Cette tradition vous dérange ?

— Pas plus que votre habitude de répondre à une question par une autre question, répliqué-je en souriant.

Quelque chose se contracte dans mon ventre quand il me rend mon sourire. Il se dégage de lui comme un charme insaisissable auquel je suis malgré moi sensible. Sans doute est-ce lié à cet air mystérieusement exotique qui l'enveloppe comme une aura.

— Avez-vous apprécié votre journée dans la peau d'un chat ?

— Pour être tout à fait honnête, oui. Je n'ai pas travaillé de manière aussi efficace que je l'aurais souhaité, mais j'ai appris pas mal de choses.

Il attend que j'en dise plus. Je préfère garder le silence.

— Vous êtes très secrète.

— Dit celui qui n'a répondu à aucune de mes questions.

— Vous ne m'en avez posé qu'une. D'ailleurs, votre réponse aussi était incomplète lorsque je vous ai soumis la même question.

— Comme quoi, nous sommes tous les deux aussi curieux que réservés.

— Ça ne rend notre rencontre que plus intéressante.

Je hoche la tête.

— Alors, qu'avez-vous découvert ?

— Votre femme secrète.

Je ris de sa mine ahurie.

— Je n'ai pas de femme !

L'air de rien, je viens de récolter une information intéressante. Information qui, d'ailleurs, ne devrait pas m'intéresser le moins du monde.

— Je parlais de Dan Gao.

— Oh.

Je jure que ses pommettes rosissent un peu.

— Ça m'a fait bizarre de la trouver là. Comme si vous la cachiez.

J'accompagne mes mots d'un sourire pour qu'il comprenne que ce n'est pas un reproche.

— Dan Gao fait partie de mon existence depuis ma naissance, même si la vie nous a parfois séparés. Je l'ai embauchée dès l'ouverture de *La Souplesse du Chat*. Elle adore la pâtisserie, asiatique comme occidentale.

— C'est vrai qu'elle est douée.

Après la cuisson des gâteaux au soja que nous avons confectionnés ensemble, elle m'en a apporté un. Il était délicieux !

— Et moi, j'adore les gens. Ce partage des tâches nous a semblé évident.

— Ça me paraît évident aussi.

Il hausse un sourcil intrigué pour m'inciter à développer. Je mordille mes lèvres en cherchant mes mots, puis me lance en toute simplicité :

— En prenant le temps d'observer ce qui se tramait autour de moi, j'ai réalisé que tu ne te contentes pas d'étancher la soif des clients, ni de calmer leur faim.

— Tu vas me dire que je les allège aussi de quelques euros ?

Je n'ai pas volé ce commentaire. Je me suis toujours montrée plutôt sarcastique envers lui.

— Non. Tu nourris leurs âmes.

La mienne aussi, mais ça, je ne suis pas encore prête à te le dire.

Ma soif de nouveautés ne s'arrête pas à la porte de *La Souplesse du Chat*. Assise sur mon canapé, je tiens entre mes mains un feuillet récupéré dans ma boîte aux lettres. Il s'agit d'un simple prospectus d'une association qui propose de redécouvrir la région en « randonnant autrement ». Je jure que je ne suis pas née assise sur une chaise de bureau, il fut un temps où j'adorais marcher. Par manque de temps, par manque de curiosité, la routine quotidienne a viré toute activité sportive de ma vie. Ma paresse ayant pris le dessus, je ne m'en plaignais pas jusqu'à maintenant. Qu'est-ce qu'ils entendent par « randonner autrement » ?

L'association propose de s'inscrire *via* leur site Internet ou sur simple SMS. Je me dépêche donc d'envoyer un petit message avec mes coordonnées, histoire de profiter de cette journée « dans la peau d'un chat curieux » avant qu'elle ne touche à sa fin.

Est-ce que demain je redeviendrai cette femme au visage éternellement penché sur son clavier ?

Chapitre 6

Si les chats pouvaient parler,
ils ne le feraient pas.
Nan Porter

Je m'installe sur la terrasse, un café brûlant entre les mains pour profiter du soleil malgré le froid hivernal. Je prends le temps d'observer les volutes de vapeur parfumée qui s'échappent de ma tasse pour se perdre dans l'air encore glacial de ce samedi matin. Sophie dort profondément après sa folle journée de travail, alors je compte bien profiter de ma solitude, ne serait-ce que quelques instants, pour savourer le soleil au réveil, comme le font les chats, tout simplement. Ensuite, la réalité prendra le dessus et je m'occuperai des courses, du ménage et de la relecture d'un dossier pour Matuvu, ce qui ne nécessite pas Internet. Après cela, j'aimerais bien sortir avec Sophie. Ça fait longtemps que nous n'avons pas pris le temps l'une pour l'autre. Mais pour l'heure, je profite de mon tête-à-tête avec le soleil.

Mon cerveau n'est pas encore entièrement réveillé quand la sonnette stridente me fait sursauter. Un peu de liquide noir et ardent se renverse irrémédiablement sur mon pull blanc. La sensation de brûlure me fait pousser un tas de jurons qui feraient rougir le plus aguerri des pirates. L'horripilant « dring » retentit une fois de plus, me forçant à me précipiter vers la porte pour faire face à l'importun qui n'a rien d'autre à faire que de sonner chez moi.

— Non, je ne suis pas croyante et, non, je ne veux pas devenir Témoin de…

Je me tais en réalisant qu'en fait il y a deux importuns, et que ces derniers ne sont autres que ma mère et ma sœur. Leurs yeux d'un bleu identique vont de la tache sur mon pull à ma bouche ouverte en passant par ma tasse à moitié vide.

— On a besoin de toi.

Oh non, pas ça.

— Un samedi matin ?

— C'est l'essayage du gâteau, explique Martine, ma mère.

Je porte le mug à mes lèvres. De toute évidence, un supplément de caféine m'est nécessaire pour poursuivre cette conversation.

— Je ne te suis pas. C'est comme quand tu essaies ta robe de mariée, sauf que tu te glisses dans un gâteau ?

Maman lève les yeux au ciel alors que Céline, ma sœur, soupire.

— C'est ta tête qui va finir dans une tarte si tu ne viens pas avec nous. Allez, ce n'est pas comme si tu avais prévu quelque chose de plus intéressant, si ?

Bien entendu, ma manipulatrice de frangine frappe là où ça fait mal. Elle sait me rappeler avec une acuité confondante combien ma vie est inintéressante par rapport à la sienne.

Voilà comment je me retrouve à prendre place à l'arrière de l'Audi de ma sœur au lieu de poursuivre mon agréable tête-à-tête avec le soleil. La berline a à peine démarré que je distingue Lao Hu en train d'ouvrir son commerce. Pour la première fois, *La Souplesse du Chat* me manque. Il faut croire que je commence à percevoir cet endroit comme un refuge, et son propriétaire non comme un ennemi, mais peut-être un ami, ou du moins un complice. Alors que je fais un signe de la main à Lao Hu, ma mère m'interroge, la voix pleine d'espoir :

— Qui est ce beau jeune homme ?

— C'est Lao Hu, le patron de *La Souplesse du Chat*.

— Bien sûr, maman. Si Sélina avait eu un amoureux, sois certaine qu'elle te l'aurait dit. Depuis le temps que nous l'attendons toutes !

Je retiens un soupir et croise le regard de ma mère dans le rétro. Je détourne le mien, mal à l'aise. Je devine que je la déçois.

Céline a rendez-vous chez l'un des meilleurs pâtissiers de Strasbourg, lequel lui présente un panel d'une vingtaine de gâteaux. Il a préparé des échantillons de chacun, afin qu'elle puisse porter son choix de manière éclairée. Ma sœur a un petit côté « maniaque du contrôle ». Aucun détail n'est jamais laissé au hasard. Jamais. Si j'ai toujours admiré ce trait de caractère chez elle, aujourd'hui, il me fait un peu moins rêver.

— Vas-y, goûte.

— Moi ? Mais c'est ton gâteau. C'est à toi qu'il doit plaire.

— Je sais. Mais tu connais mes goûts.

C'est vrai. Personne ne les ignore, étant donné que la moindre contrariété la fait bondir au plafond, caractéristique que je partage avec elle, de manière un peu plus atténuée.

— Et puis, moi, il faut que je rentre dans ma robe de mariée. On ne verra que moi. Alors que toi, eh bien…

Elle ne dit rien. Elle n'en a pas besoin. J'ai toujours été d'un naturel discret, si discret que parfois quand j'étais enfant, je me demandais si je n'étais pas invisible. Lorsque adolescentes nous sortions ensemble, elle et moi, elle se faisait toujours inviter à danser en premier. Nous avons eu nos premières histoires sérieuses en même temps, mais elle est la seule à avoir su garder son homme alors que le mien a filé. Depuis le départ de Jérôme il y a bientôt deux ans, je n'ai pas connu de relation durable.

— Je vous conseille d'y goûter rapidement, tant qu'ils sont encore bien frais, suggère le pâtissier.

Ma sœur me dédie une moue impatiente et je m'empare de la fourchette que l'on me tend, prête à me remplir la bouche pour ne plus que ma frangine ouvre la sienne.

À la fin de la séance, je suis gavée dans tous les sens du terme, l'estomac rempli de beurre et de sucre et les oreilles débordantes de reproches. Clairement, j'ai l'impression de ne rien pouvoir avaler de plus.

C'est pourquoi j'ai le sentiment d'être sur les rotules et ce, dès le lundi matin. En ouvrant la porte du café, je manque de rentrer dans Lao Hu, qui nettoie un arbre à chat près de l'entrée.

— Pardon.

— Ce n'est rien.

Nous sommes si près l'un de l'autre que j'en suis grandement troublée. Surtout lorsqu'il se penche en avant pour remettre une mèche rebelle derrière mon oreille. Ma peau brûle étrangement au contact de ses doigts. Je mets ça sur le dos de la fatigue. Il est vrai que je n'ai pas très bien dormi.

— Tu as passé un bon week-end ?

— Plutôt, oui. Et toi ? Je t'ai vue partir tôt samedi matin avec deux femmes.

— Ma mère et ma sœur, oui. Cette dernière va se marier et il lui fallait quelqu'un pour goûter aux gâteaux.

Lao Hu m'offre une moue perplexe. J'effectue un geste vague de la main pour lui faire comprendre que ça n'a pas d'importance.

— Tu prendras quand même un petit déjeuner ?

Sa sollicitude me touche.

— Oui, merci.

Lorsque je vais m'installer à ma table habituelle, un chat roupille déjà sur ma chaise. L'espace d'un instant, j'hésite à changer de place. Mais je choisis de rester. Nous sommes tous les deux chez nous, après tout.

L'avantage aujourd'hui, c'est que je suis de corvée design. C'est ce que je préfère. Jouer avec les images pour créer des visuels qui attireront l'œil. C'est ce que je croyais jusqu'à ce que Laurence, ma collègue, m'appelle en visioconférence.

— Bonjour, Sélina, tout va bien ?

Elle enchaîne sans me laisser le temps de répondre.

— Il y a un changement de plans. Tu t'occupes du community management aujourd'hui.

— Ce n'est pas ce qui était prévu, je…

— On le sait. Mais Vardia et Samsara ont besoin de ton originalité.

Foutaises. C'est juste que personne n'a envie de s'encombrer du community management, alors on essaie de refiler le bébé à quelqu'un d'autre.

— Catia ne peut pas le faire ? Elle est très douée pour créer du contenu.

— Elle est en congé. Ne t'inquiète pas pour le contenu. Tu trouveras tout ce qu'il faut dans l'espace de travail commun, les visuels sont déjà prêts. Tu auras juste à les poster de manière à faire réagir un maximum le public.

De manière à faire réagir le public ? Samsara est une marque de thés. Il n'y a pas de boisson plus zen et par extension, plus ennuyeuse. Je le sais, puisque je ne bois que ça à *La Souplesse du Chat*.

Néanmoins, j'accepte. De toute façon, ce n'est pas comme si j'avais le choix…

Je me connecte sur la page de Samsara. C'est bien ce que je pensais : le post ayant généré le plus de réactions a été partagé une trentaine de fois. S'il fallait un endroit sur terre pour illustrer le vide interstellaire, ce serait celui-ci. Dans l'espace de travail de Matuvu, je trouve effectivement une image prête à l'emploi. Il s'agit de la nouvelle boîte en métal contenant une sélection de thés du moment, posée sur de l'herbe verte. Rien de très exceptionnel, mais visuellement, ça fait son job. Je m'accorde quelques instants pour réfléchir et débarrasse moi-même mon assiette et mon verre, puisque Lao Hu semble avoir décidé que je n'avais pas besoin de ses services. J'échange un regard amusé avec lui avant d'entrer dans la cuisine, où je trouve Dan Gao qui s'active derrière les fourneaux.

— Besoin d'un coup de main ?

Quitte à prendre le temps de réfléchir au post, autant me rendre utile.

— Oh que oui ! Est-ce que tu pourrais découper la pâte ?

Elle fourre un emporte-pièce en forme de cœur entre mes mains.

— Vous avez reçu une commande spéciale ou c'est votre côté fleur bleue qui s'exprime ?

La quinquagénaire braque un regard halluciné sur moi.

— Tu ne tiltes pas ?

Je plisse les yeux, perdue à mon tour.

— Tilter sur quoi ?

J'entends la porte qui s'ouvre derrière moi. C'est sûrement Lao Hu qui rapporte un plateau à nettoyer. Le battant se referme.

— Ce week-end, explique-t-elle en relevant les sourcils comme si ça pouvait m'aider à mieux comprendre.

— Quoi ?

— C'est la Saint-Valentin.

— Ah.

— J'en conclus que tu n'es pas en couple, lance-t-elle alors que j'ai presque fini de découper des cœurs dans la pâte à biscuit à base de soja.

C'est à cet instant que je perçois comme un souffle derrière moi. Lao Hu est là, et il a sûrement tout entendu. Pas question de le laisser croire que mon célibat me pèse.

— Ou alors, je suis une de ces filles modernes qui n'a pas besoin d'un jour spécial pour manger du chocolat ou mettre des fleurs dans un vase.

Au sourire radieux que m'offre Dan Gao, je sais que ma réponse lui a plu. Je lui claque une bise sur la joue. Elle l'ignore, mais elle vient de me donner l'idée de base pour créer un post intéressant. En essayant de sortir de la cuisine, je croise le regard curieux de Lao Hu. S'il veut savoir ce qui m'égaie tant, il n'a qu'à demander. Moi, je file droit en direction de ma table, où le chat somnole toujours. Sans plus attendre, je me permets d'effectuer quelques retouches sur l'image de départ en ajoutant en légende « Avec Samsara, offrez l'amour en boîte ». Aussitôt fini, je me rends sur le réseau social de la marque et poste la photo accompagnée de quelques mots :

LA Saint-Valentin approche à grands pas ! Attrapez votre paquet de thé Samsara et prenez-le en photo dans une mise en scène qui, pour vous, symbolise l'amour ! Vous gagnerez peut-être ce coffret collector contenant nos meilleures sélections !

Quelques secondes plus tard, mon post est en ligne. Les concours sont l'une des meilleures manières de faire réagir les fans : n'oublions pas que l'appât du gain fait partie de la nature humaine, même quand il s'agit de gagner un objet aussi insignifiant qu'une jolie boîte de thé.

J'attends cinq minutes avant de voir apparaître la première réaction. Une dénommée Muse2021 vient de poster une photo de son chien avec le fameux paquet dans la gueule. Je la remercie pour sa participation, tout en complimentant son affreux bouledogue. L'une des règles d'or du community manager est de répondre à tous les commentaires, dans la mesure du possible.

Comme je ne suis pas payée à ne rien faire, je m'attelle à ce que j'avais prévu pour aujourd'hui, à savoir de la retouche d'images pour d'autres marques. Une demi-heure plus tard, je reviens sur la page de Samsara. Il y a cinq commentaires en tout et pour tout. Ça ne sera pas très difficile d'effectuer le tirage au sort. Je remercie les quatre premiers. Le dernier, en revanche, est l'œuvre d'un troll nommé Grokekedu67. Un de ces individus totalement désœuvrés dont le comportement vise à générer des polémiques sur Internet. En tant que community manager, il m'arrive d'en croiser. Je les fuis autant que possible, mais comme les boutons d'acné à l'adolescence, on ne peut pas toujours les éviter.

Aussi, je lui réponds avec politesse :

Merci pour votre participation insolite, mais pour qu'elle soit acceptée, il faut qu'elle soit accompagnée d'une photo.

Voilà qui devrait le faire taire et décourager les autres plaisantins.

Comme je n'ai pas une seconde à perdre, je retourne à mon logiciel de retouche d'images. Cela doit faire trois quarts d'heure que je fais des jeux de lumière sur une jungle pour une marque de papier-toilette – allez comprendre – quand un pop-up m'indique l'arrivée d'un message de Carole, ma collègue préférée.

[Je pense que tu devrais aller jeter un œil à la page de Samsara.]

[OK, merci. Je finis le visuel pour *Toudoudou* et je regarde ça.]

[Non. Tu devrais y aller tout de suite.]

L'une des raisons pour lesquelles j'apprécie Carole, c'est parce qu'elle est d'un naturel zen, à l'extrême opposé de l'inquiétude qu'elle semble exprimer à cet instant précis, raison pour laquelle je m'empresse d'ouvrir la page de Samsara. Ma première réaction est de sourire. Il y a une centaine de commentaires. Je n'en attendais pas tant ! Le temps que je m'en réjouisse, cinq autres se sont ajoutés. Satisfaite, j'ouvre le post. Tout commence avec un commentaire de Grokekedu67, qui réagit au mien en postant un montage de mon visuel, dont il a détourné la légende en ôtant le « o » du mot boîte. La suite me donne envie de me terrer dans un trou duquel je ne sortirai plus jamais. Mon slogan, « Avec Samsara, offrez l'amour en boîte », se retrouve accompagné parfois d'une saucisse, parfois d'un concombre. Toujours des formes phalliques. Et certains sont allés jusqu'à poster des photos de leurs attributs. Le temps que je réalise ce qui est en train de se passer, le nombre de commentaires a doublé.

Mon téléphone se met à sonner. Je le prends, dans un état second.

— Non, mais qu'est-ce qui vous a pris de poster ça, Sélina ?

Bonjour à toi aussi !

— Bonjour, Gria. Je m'en occupe tout de suite.

Même si je ne sais pas vraiment comment réagir.

— Ah oui ? Et comment ? Vous allez l'effacer ?

— Je ne sais pas encore. Mais si je le gomme, les internautes vont crier à la censure et croyez-moi, ça risque d'être encore pire.

Je sais de quoi je parle. Certaines grandes marques ont vu leur réputation mise à mal pour avoir masqué des commentaires.

— Bon. Je vais tout de même vous demander de résoudre ça très vite, Sélina. Sinon, je me verrai dans l'obligation de vous sanctionner.

— Je comprends.

Sa colère est justifiée. Matuvu ne peut pas se permettre de perdre un client et encore moins de salir sa réputation. Déjà que je culpabilise d'avoir abîmé aussi bien la voiture du patron que les locaux de l'entreprise…

Je me remets aussitôt au travail, postant un message invitant les utilisateurs à ne pas soumettre d'images qui pourraient choquer d'autres internautes. Si je peux faire bannir les photos intimes, je ne peux rien contre les autres détournements autour du mot « bite ».

[Tu t'en sors ?]

La sollicitude de Carole me touche.

[Oui. J'en suis à la moitié des cinq cents commentaires.]

[J'ai l'impression que ça se tasse.]

[Pourvu que tu aies raison…]

[Euh… en fait, je crois qu'une fois n'est pas coutume, j'ai tort.]

[Comment ça ?]

Pour toute réponse, elle me fait parvenir une capture d'écran. Un certain Armand Roitelet vient de reprendre mon post. Son nom est synonyme de problèmes, car cet homme qui se prétend journaliste n'est rien d'autre que le plus grand troll de nos écrans. Je ne sais pas combien de stars il a piégées. Combien de politiciens, de commerçants, de militants, voire de parfaits anonymes se sont retrouvés ridiculisés sous sa plume acerbe et sa langue de vipère.

Quoi qu'il en soit, sa participation fait son petit effet. Les commentaires arrivent maintenant par dizaines. Je suis totalement débordée. Et Laurence qui m'appelle pour râler. Puis Gria s'y met aussi. Comme un automate, je réponds au téléphone sans vraiment comprendre ce qu'on me raconte. Je suis dans un état second, hébétée par les proportions que prend cette histoire.

Je voulais du buzz, eh bien, j'en ai eu !

Je m'affaire à droite et à gauche, cherchant une solution là où il n'y en a pas.

La plupart de mes collègues compatissent. D'autres font le mort. Aucun ne sait comment m'aider. Et moi, je patauge au milieu des knacks, des concombres et d'autres joyeusetés plus ou moins audacieuses. Lorsque les journaux officiels commencent à en parler, c'est encore pire. J'ai l'impression que c'est devenu le seul sujet sur Internet.

Ma réputation est faite. Je suis fichue.

— Ça va ?

Le désespoir dans mon regard doit alerter Lao Hu, car il s'empare de ma main et me tire vers lui pour me contraindre à me lever.

— Je ne peux pas faire de pause, refusé-je. J'ai… j'ai du boulot et des problèmes. Je ne peux pas…

— Viens, Sélina.

La douceur dans sa voix me pousse à le suivre sans qu'il ait à insister. À notre arrivée en cuisine, mon expression inquiète la pâtissière, car elle s'arrête de travailler pour me couvrir d'un regard concerné.

— Dan Gao, tu pourrais aller servir en salle, s'il te plaît ?

— Bien sûr, Lao Hu. J'espère que ce n'est rien de grave.

Pour le coup, je me sens bête. Je fais peut-être un plat de pas grand-chose. Il y a pire dans la vie. Le deuil, par exemple. Une rupture, et je sais de quoi je parle.

— Je peux retourner bosser, je t'assure que…

Son index sur mes lèvres, Lao Hu me réduit au silence sans que je sois en mesure de contester. Dan Gao disparaît en salle alors que le patron m'entraîne à sa suite à travers la cuisine en direction d'une porte que je n'avais pas remarquée jusque-là. Il l'ouvre en m'incitant à le suivre. Dehors, un rideau de pluie s'abat sur nous.

— Cours !

Je m'exécute volontiers, guère désireuse de finir trempée jusqu'aux os. Nous déboulons dans une ancienne grange.

— Attends, on est chez quelqu'un ?

Je ne voudrais pas qu'on soit punis pour effraction.

— Oui, chez moi. Ce bâtiment fait partie de *La Souplesse du Chat*.

Rassurée, je le suis à l'intérieur de la bâtisse vétuste. L'odeur de bois envahit mes narines. Loin de me rebuter, elle m'apaise.

— Viens.

Nous empruntons une échelle dont chacun des barreaux craque sous nos pieds. Tout en haut de la grange, le chant de la pluie battant le toit en zinc remplit mes oreilles. J'accueille ce son bienvenu, espérant qu'il m'aidera à chasser mon amertume. Lorsque Lao Hu me propose de m'asseoir sur une balancelle, je ne refuse pas. Pas plus que lorsqu'il pose une couverture sur mes épaules avant de s'installer à mes côtés. Pendant quelques instants, je redoute qu'il m'interroge, mais c'est sous-estimer son empathie. Je commence à croire que cet homme a un don pour comprendre votre état d'esprit et ne vous importune que lorsque c'est nécessaire. Aussi, il me laisse le temps. Le bruit de la pluie comme l'odeur du bois deviennent plus intenses. À moins que ce ne soit simplement moi qui suis un peu plus ouverte à mon environnement.

— Tu veux retourner au travail ? finit-il par me demander.

— Non. C'est trop… assourdissant.

C'est le seul mot que je trouve pour décrire ce que je ressens.

— Assourdissant ?

J'acquiesce. Sans le regarder, je lui narre ce qui s'est passé sans lui épargner les détails. Dans un premier temps, il se garde d'émettre le moindre commentaire. Sûrement qu'il me trouve trop nulle. Aucun de mes collègues n'a jamais fait une bourde pareille.

— Et le pire, c'est que je ne sais même pas quoi faire pour réparer ça.

— Ça te dit, une chasse au trésor ?

Je fronce les sourcils en le regardant. Est-ce qu'il se moque de moi ?

— Je me suis mal exprimé. En fait, un de mes chats est caché. Tu veux essayer de le retrouver ?

Des fois, je m'interroge franchement sur sa santé mentale. Et d'autres, je le trouve simplement génial. Dans l'immédiat, ce n'est ni l'un ni l'autre, mais mon désir de ne pas retourner au travail me pousse à accepter. Je laisse alors mes yeux se promener dans la grange jusqu'à ce que je finisse par le trouver, partiellement dissimulé entre deux bûches. Je le reconnais. C'est celui au pelage gris. Ses yeux couleur d'émeraude m'observent, apaisés, avant de se tourner vers l'extérieur pour contempler la danse incessante des gouttes de pluie qui s'écrasent dans le jardin. Je prends quelques instants pour le regarder. Il y a quelque chose dans son attitude qui m'intrigue.

— Il n'a pas froid, ici ? Le café me semble tellement plus confortable !

— Plus confortable, certes. Mais plus bruyant aussi. J'attends qu'il développe.

— Comme certains de mes protégés, Sacha n'a pas eu une vie facile. La première fois que je l'ai vu, c'était par une journée de pluie comme celle-ci. Je suis allé dans la grange chercher du bois et je l'ai vu, entre deux bûches. Il était très maigre et sale. Manifestement, il avait des problèmes de santé, notamment la gale. J'ai essayé de lui tendre la main, mais il s'est très vite dissimulé dans le tas de bois. Je n'ai pas insisté.

— Pourquoi ?

— Les chats, surtout ceux qui n'ont connu que la rue et les mauvais côtés de l'homme, sont d'un naturel méfiant. Leur indépendance est leur unique trésor. S'ils sentent notre intention de les enfermer, ils ne deviennent que plus craintifs.

— Comment est-ce que tu as fait, alors ?

— J'ai pris le temps, tout simplement. J'ai commencé par lui laisser de la nourriture, et je disparaissais pour qu'il puisse manger seul. Très vite, Sacha m'a associé aux croquettes qui remplissaient son ventre vide. Petit à petit, il a commencé à se montrer. À les manger devant moi. Au bout de quelques mois, il se laissait caresser.

— Quelle émotion ça doit être, d'entendre son premier ronronnement !

Ma compassion envers cet animal m'étonne. Je n'ai jamais été l'amie des félins, ni d'aucune autre bête, soit dit en passant. L'affection de Lao Hu envers ses protégés serait-elle en train de déteindre sur moi ? Lorsqu'il me dédie un sourire débordant de complicité, j'oublie tout de mon questionnement.

— Un jour, alors que je ne m'y attendais pas, il m'a fait la surprise de me suivre au café. Il savait que je ne lui prendrais pas sa liberté. Il ne pouvait pas m'offrir de plus beau cadeau que sa confiance.

J'acquiesce, touchée par cette belle histoire.

— Sacha est devenu l'un des protégés de *La Souplesse du Chat*, mais il demeure malgré tout le plus féru d'indépendance. Alors, lorsque les humains ou ses propres congénères l'agacent, il préfère s'isoler.

— Tu n'as pas peur qu'il ne revienne pas ?

— Si. Sa nature sauvage restera toujours en lui. Mais c'est un choix qui lui revient. Et puis, on est ce qu'on est, non ?

Je hoche la tête. Quelque part, je m'identifie à cet animal à fourrure grise.

— Si je te raconte ça, c'est parce que parfois, face à l'adversité, le mieux est encore de prendre du recul.

Je plonge dans ses iris teintés de sagesse.

— Pour mieux revenir, ajoute-t-il en souriant.

Je lui rends son sourire, consciente du bazar sans nom qui m'attend à l'intérieur. Mais je suis d'accord avec lui. Attendre un peu, me donner le temps de la réflexion, ça ne va pas changer la face du monde, mais ça peut me faire grandir, moi.

— Je retourne à l'intérieur.

— Je reviendrai quand je serai prête.

Il acquiesce avant de partir, me laissant seule avec le plus sauvage des chats. Je surprends ses deux yeux félins braqués sur moi, comme s'il se demandait si nos âmes sont faites de la même nature. Je n'en ai pas la moindre idée, mais aujourd'hui, le chat aux billes d'émeraude est mon compagnon de silence au milieu d'un océan agité d'humanité.

Puis il se tourne à nouveau vers l'extérieur, trouvant peut-être un peu de paix dans chaque goutte de pluie qui se laisse choir des nuages. Je ne sais pas pourquoi j'éprouve le besoin irrépressible de capturer la beauté du moment, mais je décide de ne pas refouler cette pulsion. Sans consulter les multiples notifications qui saturent l'écran de mon smartphone, je me penche de manière à immortaliser le calme ascétique émanant des lagons émeraude du chat. Tout de suite après, je ressens une étrange sensation, comme si je venais de faire un premier pas sur un sentier dont j'ignore la destination.

En fin de compte, les chats ont énormément de choses à nous apprendre.

Je suis bien plus apaisée quand je reviens au café. Je n'ai pas perdu de temps. J'ai gagné une idée. Une idée un peu folle, certes, mais parfois, seule la folie peut nous sauver du chaos.

Je décide d'ignorer les mails et les appels et me connecte sur le réseau social de Samsara. Je ne prête aucune attention aux nombreuses notifications qui s'affichent dans un coin de l'écran. Entre les messages privés d'internautes moqueurs, les partages et les commentaires publics, j'ai de quoi perdre la tête et je préfère la garder sur mes épaules. Parce que c'est bien pratique pour porter des chapeaux. Je suis peut-être en train de faire une bêtise plus grande que moi, mais c'est tout ce que j'ai trouvé pour me sortir de ce pétrin. Publiquement, j'invite l'acteur de films pour adultes le plus connu de France à relever mon challenge. J'hésite quelques secondes avant de publier mon post, puis je me lance. L'instant d'après, je reçois un appel de Gria. Puisque je ne peux plus faire machine arrière, je décide de prendre le coup de fil.

— Mais, qu'est-ce que tu as fait ? Tu es complètement dingue ?

Je passe outre au tutoiement. Elle est en colère. Je peux comprendre ça.

— Peut-être ! Mais être sage dans un monde fou est la pire des folies.

Gria ne répond pas tout de suite.

— Si tu te plantes, tu es virée. Te voilà prévenue.

Cette éventualité me fait peur, mais pas autant que je l'aurais pensé.

— Je relève le défi.

De toute façon, je n'ai plus le choix. Cinq minutes plus tard, Coco d'Alfredo répond à mon challenge en postant une photo d'une longue boîte de thé qui cache à la perfection son… engin. Le tout accompagné d'une légende drôle et sans vulgarité. Immédiatement, l'image devient virale.

Dans la soirée, je reçois un coup de fil d'Albert en personne. Une fois n'est pas coutume, les consommateurs se sont rués au rayon thé des supermarchés et petits commerces. Il ne reste plus un seul paquet de Samsara en vente. J'ai permis à Matuvu de faire son meilleur coup de pub pour un client. Les félicitations du patron dans mes oreilles, je raccroche, la tête encore pleine de cette journée d'effervescence. Alors que je cherche à me lever pour rentrer chez moi, une patte posée sur ma cuisse m'en empêche. Debout sur ses deux pattes arrière, Sacha semble vouloir monter sur moi.

— Qu'est-ce que…

Je n'arrive pas à finir ma phrase. Depuis que je viens travailler ici, jamais aucun des félins n'a cherché mon contact. Ni moi le leur.

— Il faut croire que tu as gagné ton premier compagnon de solitude, explique Lao Hu en venant s'adosser au mur, tout près de moi. Mais puisque vous êtes deux, peut-on vraiment dire que vous êtes seuls ?

Je hausse les épaules pour signifier mon incompréhension et ne bouge pas d'un poil, intimidée par ce qui est en train de se produire. Après m'avoir longuement étudiée, le chat bondit sur ses pattes arrière et atterrit sur mes genoux, aussi perdu que moi, si j'en crois sa gestuelle hésitante. Je jette un coup d'œil atterré à Lao Hu, qui me fait signe de rester immobile. L'animal tourne un peu sur mes cuisses, cherchant l'endroit le plus confortable. Parfois, il me fait un peu mal avec ses griffes, mais je ne me plains pas. Lorsque enfin il se couche sur mes jambes et me gratifie de son ronronnement, je ne sais pas si ce son au pouvoir apaisant provient du chat, ou bien de mon cœur.

Chapitre 7

Quand le baromètre se passe la patte derrière l'oreille,
c'est que le chat est à la pluie.

Léa Campion

Tranquillement installée sur l'un des fauteuils de jardin, je savoure mes premiers instants de week-end. Cette semaine a vraiment été dingue. Tout ça, à cause de cette histoire de mise en scène de boîte de thé. Après la participation de Coco d'Alfredo, les choses se sont emballées. Dans le bon sens. Le buzz était positif, cette fois. Et si ça m'a valu les félicitations de la hiérarchie et du patron de Samsara en personne, qui m'a passé un coup de fil élogieux depuis Paris, ça m'a vidée. Durant les jours qui ont suivi, j'ai dû répondre à des centaines de messages sur les réseaux sociaux, et même à quelques interviews de journaux locaux. Alors je suis satisfaite de ce que j'ai accompli, mais épuisée. Raison pour laquelle je me suis posée sur la terrasse sitôt rentrée à la maison, histoire de recharger mes batteries.

Sans vraiment prêter attention à ce que je fais, je prends mon téléphone en main et me rends sur les réseaux sociaux avec mon compte personnel, profitant du fait que pour une fois, j'ai du réseau. Je tombe directement sur une photo de mon ex avec sa compagne actuelle. Parfois, je me demande pourquoi je ne l'ai pas encore retiré de mes contacts. J'imagine que les trois années que nous avons passées en couple ne s'effacent pas en un clic, quelles que soient les raisons qui nous ont poussés vers la rupture.

Sophie vient occuper le fauteuil à côté du mien et sa simple présence dissipe un peu mon amertume. Je lui souris, ravie de la voir. Avec nos boulots respectifs, nous n'avons pas souvent l'occasion de nous croiser.

— Tu as survécu à cette semaine infernale.

Je repose mon téléphone pour lui accorder toute mon attention.

— Toi aussi.

— Ouais, et ce n'était pas gagné d'avance.

— Un afflux de patients pour une raison particulière ?

Elle secoue ses cheveux rouges.

— Même pas. Mais tu sais comment c'est à l'hôpital.

Je compatis. Cela fait plus d'un an qu'elle n'a pas pu poser de congés. Si, dans mon cas, mon obsession pour le travail est volontaire, ce n'est pas pareil pour elle. Simplement, il n'y a pas assez de personnel, et les soignants sont dotés d'un admirable sens des responsabilités.

— Au fait, j'attends un colis. Comme il est trop grand pour rentrer dans la boîte aux lettres, le facteur sonnera et il faudra que tu le prennes.

— Ça aurait été avec plaisir, mais je serai occupée.

— Tu vas encore faire des heures supplémentaires ?

— Même pas.

Sophie écarquille les yeux.

— Quoi ? Depuis quand Sélina Figueres a une vie sociale ?

Je lui dédie une moue faussement mécontente.

— Je devrais être vexée que tu sois aussi surprise.

— Non. Tu devrais être en train de me raconter ce que tu vas faire, nuance. Alors ? J'attends !

Son enthousiasme me fait rire.

— Je me suis inscrite à une « randonnée pas comme les autres ».

Son regard exprime plusieurs émotions simultanément. La déception, l'incompréhension, la suspicion puis l'amusement. En quelques secondes, elle vient de me donner le vertige.

— Tu sais ce que ça veut dire, une « randonnée pas comme les autres » ?

Je secoue la tête, un peu perdue face à sa fougue.

— Un genre de « rencard » géant !

Pour le coup, je ne comprends plus rien. Je secoue la tête.

— Hein ? Tu m'expliques ?

— Nous sommes vendredi 13. Et…

— Et tu veux qu'on se regarde un film d'horreur ? Qu'on joue au loto ?

— Non. Demain, on est samedi 14 février.

Ah oui. J'aurais dû y penser avec tous les gâteaux au soja en forme de cœur qui décorent le comptoir de *La Souplesse du Chat*.

— Ce qui veut dire, poursuit-elle, que demain, il n'y aura que des célibataires à ta randonnée. Qui d'autre voudrait aller marcher le jour où ceux qui sont en couple sont occupés à fêter l'amour ?

— Eh bien, tous ceux qui, comme moi, ne sont pas fans de cette fête commerciale.

Sophie penche la tête sur le côté en me couvrant d'une moue moqueuse.

— Tu veux que je te rappelle comment tu fêtais le 14 février quand tu étais en couple avec Jérôme ?

Je suis incapable de retenir une grimace à l'évocation du prénom de mon ex.

— Pardon, je n'aurais pas dû nommer Voldemort[1], poursuit-elle. Toujours est-il que je pense que cette randonnée est l'occasion parfaite pour toi de trouver chaussure à ton pied.

Je soupire, mais ne la contredis pas. Parfois, le célibat me pèse. Je sors peu, alors mes chances de tomber sur un homme disponible sont aussi minces que la couche de neige à Goa.

Cela dit, je ne suis pas tout à fait sûre de ce qu'elle avance.

— Ton hypothèse n'est pas foireuse, mais moi, je ne pense pas qu'il s'agisse d'un genre de Meetic pour marcheurs. La tenue jogging Decathlon et la doudoune nordique ne sont pas ce qui se fait de plus seyant, tu ne peux pas prétendre le contraire.

— C'est clair. Raison pour laquelle tu ne vas pas t'habiller comme une randonneuse classique, étant donné que ce n'est *pas* une randonnée classique.

Pas de doudoune. Pas de jogging. Je suis dubitative, mais c'est noté.

— Et si j'ai froid ?

1. Personnage des livres *Harry Potter* de J. K. Rowling, dont on ne doit pas prononcer le nom car il porte malheur.

Sophie me montre le soleil.

— Il sera toujours là pour te réchauffer, ne t'en fais pas.

Je hoche la tête.

Le lendemain matin, Sophie reste debout exprès pour m'aider à choisir mes vêtements, ce qui me donne l'agréable impression d'être redevenue une adolescente.

Pour cette randonnée, qui selon l'infirmière n'est rien d'autre qu'une balade servant de prétexte pour que des célibataires puissent faire connaissance et plus si affinités, j'enfile une jupe noire avec des collants que des bottines de la même couleur viennent compléter. Comme haut, je porte un pull très fin avec des sequins. Quand je veux décrocher ma doudoune dans la penderie, un hurlement de Sophie me fait sursauter.

— *Vade retro !* Viens, prends plutôt ça.

Elle pioche une petite veste en cuir dans son armoire.

— Tu es sûre que ça ira ? Elle est tellement courte qu'elle laisse la moitié de mon dos à découvert.

— Ce qui permet de mettre l'accent sur ta jolie chute des reins.

Ça se tient, même si je ne suis toujours pas convaincue.

— Allez, je te dépose. Tu es presque en retard.

J'étais tellement prise par toute cette histoire que je n'ai même pas pensé à consulter ma montre, alors quand je le fais, je pousse un cri étranglé.

— Presque ? J'ai déjà dix minutes de retard !

— Raison de plus pour filer. Viens !

Dehors, le soleil est toujours au rendez-vous, entouré de quelques nuages qui, malgré leur faible nombre, ne m'inspirent pas confiance.

— Ma doudoune…

— Tu veux *pécho*, oui ou non ?

Je soupire et grimpe dans ma voiture à la place du passager. Nous avons rendez-vous sur la place centrale du village, où patientent une dizaine de personnes. La plupart sont en jogging. Et ils portent une doudoune, un bonnet et des gants.

— Sophie…

— Tu es sûre que c'est ici ? On dirait des randonneurs purs et durs.

Je vais la tuer...

— Sûre et certaine, grogné-je en vérifiant tout de même l'information sur le prospectus.

Je les observe avec dépit.

— Ils ne ressemblent en rien à des gens qui cherchent à se caser.

— Je te l'accorde. Mais ce n'est qu'une première impression. Peut-être qu'ils portent de la lingerie fine sous leurs doudounes Decathlon.

Je la mitraille du regard.

— J'essaie seulement de te rassurer. De toute façon, ce n'est pas comme si tu avais le choix, nous ne pouvons plus faire demi-tour. D'ailleurs, il y en a un qui vient vers toi. Tiens, ce n'est pas le mec, là ? Ah, j'ai son nom sur le bout de la langue. Ça va venir. Comment il s'appelle, déjà ? Là-Haut ?

Je me retourne pour vérifier ses dires. Mon cœur rate un battement avant de se lancer dans un sprint.

— Lao Hu, la corrigé-je.

Ma propre voix me paraît paniquée. La vérité est que je suis bien en deçà de ce sentiment.

— Voilà, c'est ce que je voulais dire, commente Sophie, inconsciente de mon état jusqu'à ce qu'elle se tourne vers moi.

— Ça va ? T'as l'air un peu crispée. C'est le collant qui te serre au ventre ? Moi non plus, je ne sais pas si je dois le mettre au-dessus du bourrelet.

— Tu n'as pas de bourrelet, So.

— Tu ne m'as pas vue assise.

Notre conversation n'a pas le moindre intérêt, mais je me dis que si le patron du bar à chats nous voit occupées, il ne viendra pas frapper à la vitre.

Toc, toc, toc.

Je déteste avoir tort.

Sophie appuie sur un bouton pour ouvrir la fenêtre en dépit de mon air effaré. Je ne sais même pas pourquoi je me sens aussi mal. J'ai tout à fait le droit de participer à une marche de célibataires, il n'y a rien de honteux à cela. Et pour moi, il n'est que mon meilleur fournisseur de Wi-Fi. Alors pourquoi cette gêne ?

Je tourne vers lui un visage que j'espère neutre.

— Lao Hu ! Je ne t'avais pas vu. Qu'est-ce que tu fais là ?

— Je t'attendais.

— Moi ? Comment ça ? m'étonné-je en me pointant du bout de l'index.

— Ben oui. Tu t'es bien inscrite sur la liste, non ?

Je penche la tête sur le côté pour mieux le regarder.

— Attends, c'est toi l'organisateur de cette randonnée ?

Il a le culot de me sourire en acquiesçant, les yeux pétillants de malice.

— Donc tu savais le depuis le début. Pourquoi ne pas m'en avoir parlé ?

— Parce que les choses les plus agréables arrivent le plus souvent par surprise. Et puis… ça n'aurait pas été aussi drôle.

Je vais demander à Sophie de lui rouler dessus. On verra s'il trouve ça toujours aussi drôle.

— Bon, tu sors ? C'est qu'on a un programme chargé, tu sais.

Sortir de la voiture. Avec mes fringues de princesse. Jamais de la vie.

Je me tourne vers ma meilleure amie, m'attendant à ce qu'elle compatisse. Mais cette peste se marre. Ne trouvant aucune excuse à opposer à Lao Hu, je m'extrais enfin de l'habitacle. Ses billes d'onyx parcourent mon corps de la tête aux pieds sans rien cacher de l'étonnement qu'il ressent. Par chance, il s'abstient d'émettre le moindre commentaire. Il n'en a pas besoin, on voit très bien ce qu'il pense.

— On y va ?

Avec son amabilité habituelle, il m'invite à le suivre en direction des autres participants, qui doivent se demander ce que la reine des pimbêches peut bien fabriquer avec eux.

— Les amis, je vous présente Sélina, notre nouvelle recrue.

Chaque paire d'yeux me détaille longuement. Je voudrais tellement me terrer dans un trou de souris ! Lao Hu énumère les prénoms un par un. Je les oublie à mesure qu'il les prononce.

— Première randonnée, c'est ça ? s'enquiert un type avec la panoplie du parfait sportif.

Je vais le surnommer Decathlon.

— Ça se voit tant que ça ?

— Disons que tu es plus habillée pour aller faire une virée en ville que pour aller gambader dans les bois, dit celle qui porte un legging assorti à sa doudoune et une paire de lunettes Ray-Ban par-dessus son bonnet.

Elle, je vais l'appeler Barbie.

— Tu as déjà oublié que tu étais habillée exactement de la même manière il y a deux ans jour pour jour ? rétorque une petite vieille sur ma gauche.

Elle, je l'aime bien.

— Bon, si on y allait ? coupe Lao Hu.

Oui ! Plus vite nous aurons commencé, plus tôt nous aurons terminé !

Nous embarquons à bord d'un minibus conduit par Lao Hu. Je souris bêtement lorsqu'il me propose la place à côté de la sienne. Si j'apprécie son attention, ça ne semble pas être le cas de Barbie, qui me jette un regard noir dans le rétroviseur.

— Je ne savais pas que tu pouvais conduire ce genre d'engin.

— Et moi, j'ignorais que tu t'intéressais à ce type de randonnée.

Je l'ignorais aussi, si ça peut te rassurer.

Il monte le volume de la musique, sans doute pour que les autres ne puissent pas entendre nos échanges.

— Et surtout, j'imaginais que tu serais occupée aujourd'hui. Je suis étonné.

Que répondre à cela sans avoir l'air trop désespérée ?

— Eh bien, comme l'a dit un grand sage : ne laisse jamais ton imagination te prendre par surprise, esquivé-je.

— Platon ? Aristote ?

— Non, Jimi Hendrix. Cet homme incroyable ne s'est pas contenté de nous offrir les meilleurs riffs.

Il me sourit et quelque chose se met à fondre dans mon cœur. C'est vraiment bizarre comme sensation.

— Dis, Lao Hu, qu'est-ce que tu penserais du col de la Schlucht pour la prochaine randonnée ? l'interroge une des participantes.

— Pourquoi pas ? Il y a longtemps que nous ne sommes pas allés en montagne.

J'en conclus que nous resterons en plaine aujourd'hui. Je suis soulagée, notre périple ne sera que moins fastidieux. Je me détends un peu et profite du voyage, la tête doucement appuyée contre la fenêtre.

— Arrivés !

Je me réveille en sursaut. Encore dans le coaltar, j'essaie tant bien que mal de comprendre qui me parle et pourquoi. Les souvenirs me reviennent en avisant mes compagnons de randonnée. J'ai dû m'assoupir, ce que me confirme le rétroviseur en me renvoyant mon visage fendu en deux. J'imagine que j'ai dû m'endormir sur la ceinture de sécurité, qui a laissé une sorte de ligne de démarcation qui va de mon front à mon menton.

Classe, Sélina, très classe.

Après m'être passé la main sur les lèvres pour m'assurer que je ne bave pas comme une limace, je sors du véhicule en même temps que les autres. Menton levé en l'air, je constate l'amoncellement de nuages qui s'est formé au-dessus de ma tête.

Ça sent la pluie, et par extension, les ennuis.

— J'ai un K-way dans le coffre, si tu veux, me propose gentiment Lao Hu en suivant la direction de mon regard.

J'avise le vêtement en plastique jaune fluo et réprime un frisson. On dirait un préservatif de l'espace, mais je ferais quand même mieux de l'enfiler.

— Mon application météo affirme qu'il n'y aura pas de précipitations, chuchote Barbie dans mon oreille. Mais libre à toi de te déguiser en sac-poubelle radioactif.

Après avoir remercié ma nouvelle alliée d'un hochement de tête, je refuse le K-way malgré l'étrange sensation d'être à côté de la plaque.

Avant le départ, Lao Hu partage la charge du repas commun afin que chacun participe à l'effort. Je résiste à mon envie naturelle de prendre le moins de poids possible sur mes épaules et accepte la masse qui m'est dédiée. J'apprécie sincèrement son sens de l'égalité.

— Bienvenue au sentier des sources, lance-t-il. Cette randonnée dure quatre heures, plus ou moins.

Son regard s'arrête sur moi quand il prononce ce mot. Est-ce une manière de prétendre que je vais le ralentir ?

— On s'arrêtera à mi-chemin pour le repas. C'est parti !

Alors que le groupe s'élance dans le sentier, je n'ai pas fait trois pas que je patauge déjà. Le sol est humide, si bien que mes bottines s'enfoncent dans la boue. Pour ne pas retarder les randonneurs, j'essaie d'avancer au même rythme que les autres malgré tout. Quinze minutes plus tard, mes bottines sont bonnes pour la poubelle.

Malgré la marche rapide qui devrait en toute logique me faire brûler quelques calories et me réchauffer par la même occasion, je suis frigorifiée. La température frôle les 3 degrés, mais elle n'est pas la seule en cause dans mon ressenti. La faute à la beauté du paysage. Eh oui. Le sentier des sources est un endroit magnifique, situé à moins d'un kilomètre du Rhin. Il est entouré de divers ruisseaux qui, avec quelques – dizaines de – degrés de plus, me donneraient l'impression de me promener en

Amazonie. Seulement, avec toute cette eau, le taux d'humidité doit avoisiner les cent pour cent, au point que je ne serais pas étonnée d'apercevoir des poissons flotter dans les airs. Et voilà que je délire. C'est n'importe quoi, tout ça.

— Ça va ? Tu apprécies la promenade ?

Bras croisés sur la poitrine dans le vain espoir de me réchauffer un peu, je manque de me coincer un muscle de la nuque en me tournant vers Lao Hu tant je suis tendue. Je me borne à acquiescer pour éviter qu'il entende les trémolos dans ma voix. Je me sens déjà ridicule avec ma tenue, autant ne pas en rajouter.

— Je suis ravi de constater que le froid ne te gâche pas la balade.

Je me fais violence pour pousser un bras devant moi afin d'ébaucher un geste que j'espère désinvolte.

— Froid ? Quel froid ? Il fait juste un peu frisquet.

Lao Hu me décoche un de ses sourires espiègles dont lui seul a le secret, et je sais que je vais prendre cher.

— Alors tes dents qui claquent, c'est pour marquer la cadence ? Un genre de tambour venant accompagner une marche militaire ?

— Ça va. Ce n'est pas si horrible. Au moins il ne pleut pas.

Juste à cet instant, une goutte d'eau très froide s'écrase sur le bout de mon nez. J'imagine qu'elle a dû tomber d'un arbre. Mais lorsque d'autres gouttes commencent à nous tomber dessus, je sais que c'en est fini de ma dignité. Très vite, c'est le déluge. Mes bottines, qui n'étaient déjà plus en bon état, ne sont plus qu'un amas de boue, mes vêtements sont trempés et mes cheveux me collent au visage comme une seconde peau.

— Prenons sur la gauche, il y a un refuge à moins de cinq minutes !

Aucune phrase de Lao Hu ne m'a rendue aussi heureuse que celle-ci.

Bien à l'abri dans la petite cabane en bois, je grelotte toujours autant. Les autres, eux, sont au sec. Tous ont pensé à prendre leurs K-way, si bien qu'aucun n'a été trempé. Alors que je suis en train de me maudire pour ma sottise, Lao Hu me tend des habits secs.

— J'ai toujours une tenue de rechange dans mon sac pour des cas comme celui-ci. Ce ne sont pas les plus beaux vêtements du monde, mais au moins, ça t'épargnera de finir avec une pneumonie.

Son attention me touche. Vraiment.

Barbie et une autre randonneuse tiennent une nappe en l'air afin de m'offrir un peu d'intimité pour que je puisse me changer. Je les remercie, penaude, puis m'installe avec les autres pour partager un moment de douceur. Entre ceux qui ont préparé une thermos de café et ceux qui ont apporté des gâteaux, je me sens nulle d'être venue les mains vides. Je m'en excuse platement auprès des autres participants.

— Tu nous as apporté le rire. C'est la nourriture de l'âme, après tout, commente la vieille dame en me tendant un de ses petits kouglofs.

Jamais un gâteau ne m'a paru aussi réconfortant. Quant au café, il réchauffe chaque parcelle de mon être, à moins que ce ne soit à cause de la proximité de Lao Hu, assis juste à côté de moi.

Je ne ressemble à rien dans les vêtements qu'il m'a prêtés. Son pull est deux fois trop grand et son jean est bien trop large. Pourtant, il y a quelque chose dans le regard dont il me couvre qui prouve que la beauté n'est pas dans la tenue qu'on porte, mais dans ce que nous cachons derrière nos sourires.

Dans la bonne humeur, nous attendons que la pluie s'estompe, car si les orages arrivent parfois sans prévenir, aucun de ces phénomènes n'est éternel. Cela prend plus ou moins de temps, mais le soleil finit toujours par revenir.

Avec des habits plus chauds et sous l'astre du jour, qui a vaincu les nuages, la promenade devient complètement différente. Là où je ne voyais que des problèmes, j'aperçois de la beauté, tant et si bien que je redécouvre le plaisir de la photo en capturant sous l'œil de l'objectif de mon téléphone les paysages aquatiques du Ried alsacien, tout comme les oiseaux qui y vivent. J'apprends aussi ce que Lao Hu entend par « randonner autrement » lorsqu'il fournit une paire de gants et un sac en plastique à chacun des participants afin que nous ramassions les ordures que nous trouvons sur le chemin.

— L'être humain est écœurant, lancé-je en attrapant un emballage de sandwich.

— Pas faux. Mais il est aussi capable du mieux et il me le prouve tous les jours, rétorque Lao Hu.

Je suis son regard qui mène à la vieille dame. Malgré son âge avancé, elle n'hésite pas à se baisser pour nettoyer le sentier. Alors peut-être que oui, il y a effectivement quelque chose de bon en l'Homme.

De retour dans la camionnette, je souris. J'ai peut-être perdu mes bottines, mais j'ai gagné de nouveaux contacts que j'espère revoir lors de la prochaine randonnée, dans un mois. Quand les participants me donnent leur adresse mail pour que je puisse leur envoyer les photos par courrier électronique, j'ai l'impression d'avoir renoué avec une passion que j'avais oubliée au fond de moi depuis très, très longtemps.

Lao Hu ramène quelques randonneurs chez eux puis en dépose plusieurs sur la place du Marché, lieu de départ de notre rendez-vous. Je suis sur le point de sortir de la camionnette quand ses doigts légers s'enroulent autour de mon poignet. Aussitôt, je ressens comme un faible courant électrique, loin d'être désagréable. Je réprime un frisson.

— Tu as encore froid.

— Non, non. Et cette fois, je dis la vérité.

Son sourire espiègle refait surface.

— Je te ramène, tu habites en face de chez moi. Ce serait bête que tu te balades dans notre petite ville déguisée en… moi.

Je ris, amusée.

— Tes vêtements m'ont quand même sauvé la mise. Je mourais de froid.

Maintenant que c'est derrière nous, je peux l'avouer sans me sentir idiote. De toute façon, nous sommes presque arrivés à destination. Au moins si je passe pour une andouille, ça ne durera pas longtemps.

— Pourquoi est-ce que tu t'es habillée comme ça ? Tu savais que c'était une randonnée.

Je me mords les lèvres, hésitante. Puis je décide de tout lui révéler, sur un coup de tête.

— Comme la randonnée était organisée le jour de la Saint-Valentin, Sophie a cru que c'était une sorte de rencontre amoureuse entre célibataires.

Les joues chauffant dangereusement, signe qu'elles rougissent, j'observe Lao Hu qui se gare dans notre rue.

Je guette une réaction de sa part, n'importe laquelle. Il n'en affiche aucune, si ce n'est la curiosité. Ses billes d'onyx scintillent lorsqu'il les pose sur moi.

— Tu ne t'es pas doutée du temps qu'il allait faire ?

J'acquiesce.

— Au fond de moi, je savais. Mais autour de moi, les gens pensaient de manière différente. D'abord Sophie, puis Barb… euh, l'autre dame avec son legging assorti à la doudoune.

Son regard me sonde avec une tendresse teintée d'amusement. C'est fou ce que cela le rend attirant.

— Parfois, comme un chat, il faut savoir écouter son instinct. Et sa propre application météo ! ajoute-t-il en riant.

Je lui rends son sourire.

— J'aurai au moins reçu un enseignement dans cette promenade. M'écouter davantage.

— Alors, elle n'aura pas été vaine. Moi aussi, j'ai appris quelque chose.

J'écarquille les yeux sans rien cacher de ma surprise. Il semble si sage que je peine à croire qu'il ait encore des leçons à tirer.

— Quoi donc ?

— Tu es célibataire.

Chapitre 8

Au début, Dieu créa l'homme.
Mais le voyant si dépourvu,
il lui donna le chat.
Warren Eckstein

Je me lève d'un bond et file sous la douche. À croire que je n'ai rien appris à *La Souplesse du Chat*. Ou si, mais parfois, j'ai la mémoire courte. À ma décharge, je suis débordée. Vraiment.

Quand Gria m'a passé un coup de fil pour m'annoncer sa nouvelle idée, j'ai d'abord accueilli la bonne nouvelle avec joie avant de comprendre la quantité de travail que ça impliquait.

Je suis devant la porte de *La Souplesse du Chat* lorsque les rideaux s'ouvrent.

— Tu es bien matinale, aujourd'hui.

— Et encore, ça fait déjà deux heures que je planche sur l'organisation d'un événement.

Lao Hu m'observe sans rien dire et s'écarte pour me laisser entrer. Malgré l'encombrement de mon cerveau que je croyais accaparé dans son intégralité par le travail, je note la légère accélération de mon rythme cardiaque lorsque je passe si près de lui que nos corps se frôlent.

Cela fait trente minutes que je travaille d'arrache-pied quand un petit-déjeuner s'échoue sur ma table. Je me force à arrêter toute activité professionnelle le temps de manger. Comme quoi, j'ai quand même retenu quelques leçons. Néanmoins, si mes mains ne s'activent plus sur le clavier, mon cerveau, lui, tourne à plein régime, essayant de combiner les choses au mieux, si bien que je sursaute lorsque Lao Hu, assis devant moi, m'interpelle.

— Tout se passe comme tu veux ?

— Pas du tout ! C'est une catastrophe.

Il arque un sourcil curieux pour m'inciter à développer. Je bois une gorgée de ma boisson avant de reprendre.

— Tu te souviens de l'épisode foireux des réseaux sociaux pour Samsara ?

Un sourire se dessine sur ses lèvres à mesure que je me découvre une envie de les embrasser. Heureusement qu'il ne sait pas lire dans les pensées !

— Oui ! D'ailleurs, tu t'en étais sortie très bien. Il me semble qu'au final ça leur avait fait un sacré coup de pub. C'est plutôt positif, non ?

— Tellement positif qu'ils souhaitent que j'organise une sorte de goûter.

— Un goûter ?

— Oui, mais pas comme ceux des enfants.

— Je ne suis pas un enfant et pourtant, j'adore les goûters.

Je ne sais pas comment il s'y prend pour m'arracher un sourire sincère alors que je suis tendue comme un arc, mais j'apprécie l'effet qu'il a sur moi.

— Si tu me racontais en quoi ça consiste ?

— Eh bien, déjà, ça se passe en Alsace, c'est une chance parce que je ne me serais pas vue organiser tout ce truc à Paris. En fait, c'est comme une soirée mondaine, sauf que comme Samsara vend du thé, j'ai pensé qu'un goûter serait plus adéquat et en accord avec l'esprit de l'entreprise.

— C'est une bonne initiative. Quoi d'autre ?

— Il y aura la presse locale, des *influenceurs*, des élus ainsi que quelques célébrités régionales voire nationales, dont Coco d'Alfredo.

— Le fameux...

— Oui, le fameux. Dans tous les cas, il faut que je me débrouille pour contenter tous ces gens.

— Combien de temps devant toi ?

— Jusqu'à la fin de la semaine. Soit quatre jours.

— Pour combien de gens ?

— Un peu moins d'une centaine. Je dois envoyer les invitations, trouver un traiteur, un DJ... Et une salle pour trois cents personnes. Tu sais que je n'ai pas encore de salle malgré la cinquantaine de coups de fil que j'ai passés hier ?

— Et tu t'occupes de ça toute seule ?

Je hoche la tête.

— C'est à moi que Gria, la responsable, a confié la mission.

— La responsabilité est le prix à payer du succès.

Je lui adresse un sourire las.

— Exact.

— Par chance, rien ne te force à agir en solo, si ?

Je prends le temps de réfléchir à sa question, ouvre la bouche pour donner une réponse, la referme pour y penser encore, puis finis par donner mon avis.

— En théorie, non. Mais dans la pratique, ce n'est pas aussi simple.

Lao Hu se penche en avant, accoudé sur la table, les mains sous le menton. Il pose une question d'une simplicité confondante qui me laisse pourtant sans voix.

— Pourquoi ?

Comme je peine à trouver mes mots, il me guide un peu.

— Est-ce que tu as du mal à trouver des gens de confiance autour de toi ?

— Non, pas vraiment.

— Alors ?

— Je crois qu'en fait le problème vient de moi. J'ai l'habitude de faire cavalier seul et en règle générale, ça paie. Seulement, cette fois, la date est trop courte par rapport à ce qu'on attend de moi.

Je m'attends à ce que Lao Hu me sermonne. Ce n'est pas ce qu'il fait.

— Je te comprends.

— Vraiment ?

— Bien sûr ! Pourquoi est-ce que ça t'étonne ? Tu t'attendais à un sermon ?

Je secoue la tête de droite à gauche en feignant l'innocence.

— Non, non. Seulement, je te vois comme quelqu'un de fort. Je me rends compte que je te perçois presque comme un roc.

Il me sourit avec gratitude.

— Ça n'a pas toujours été le cas, crois-moi. Tu sais que j'ai failli ouvrir *La Souplesse du Chat* seul ? Si Dan Gao n'avait pas insisté pour m'accompagner dans cette aventure, le café n'aurait pas tenu plus d'un mois. Seul, je ne serais arrivé à rien. Dans cette histoire, ma plus grande force a été de reconnaître que j'avais besoin d'aide.

J'opine. S'occuper seul d'un café, préparer soi-même les pâtisseries tout en servant les clients, ce n'est pas jouable.

— Tu as raison. Toutefois, déléguer n'est pas facile.

— C'est vrai. Mais ça s'apprend. Pourquoi ne pas profiter de cette occasion pour essayer de confier quelques tâches et voir comment ça se passe ?

Je lui fais de grands yeux.

— Je ne vois pas par où commencer !

— Eh bien, tu as dit qu'il te faut des gâteaux, et il se trouve que je…

Il se met à jouer des sourcils, m'arrachant un éclat de rire.

— Je suis la douceur incarnée, conclut-il.

— Et la modestie.

— Aussi. Alors, qu'est-ce que tu dirais de nous confier la partie « pâtisseries », à Dan Gao et à moi ? Enfin, si elle est d'accord, bien sûr.

— Tu sais que ça représente une sacrée charge de travail ?

Il acquiesce.

— Mais nous avons aussi besoin de fonds, de la même manière que toi, tu as besoin d'un pâtissier. Et d'apprendre à déléguer.

Je finis par hocher la tête et tendre la main à Lao Hu pour signer notre accord. Lorsqu'il s'en empare, je trouve sa paume d'une douceur incroyable. Je n'en suis pas certaine, mais j'ai l'impression que ce contact dure un peu plus que ne l'exigent les convenances sociales. Je m'ébroue pour reprendre mes esprits.

— Hum, OK. On va faire ça. Je te confie la pâtisserie. Tu n'as pas besoin de t'occuper du reste, comme tu te doutes, Samsara fournit le thé. Nous n'aurons qu'à chauffer de l'eau sur place. Aucune autre boisson n'est demandée.

— Vendu. J'espère que tu pourras déléguer d'autres tâches.

— Euh, oui, ne rêvons pas trop non plus.

— Sers-toi de tes talents d'observatrice pour reconnaître les talents de chacun. Ça t'aidera à choisir sur qui t'appuyer.

Je passe les trois heures suivantes à penser à mes collègues et amis afin de déterminer à qui je pourrais proposer une tâche, et comment. Quand vient l'heure du déjeuner, je suis exténuée, mais j'ai établi une liste de personnes de confiance.

Les parents de Brahim, du service informatique, possèdent une jolie propriété en périphérie de Strasbourg. Combinant rusticité et élégance, cet emplacement est pile-poil dans l'esprit de Samsara.

Carole, ma collègue préférée, a un faible pour la décoration et propose naturellement de m'aider avec la salle que nous avons choisie.

Qui de plus sympathique que Sophie pour participer à la gestion de l'accueil ? Si elle parvient à se libérer ce jour-là, ce sera parfait.

Après le repas, je m'occupe de distribuer les tâches à chacun.

Ça, c'est la partie facile.

Vérifier que tout se déroule bien et que chaque personne fait ce qu'on attend d'elle est une autre paire de manches.

Le jour J, je suis éreintée. Se réunir est un début. Rester groupés est un progrès. Travailler ensemble est une réussite que je ne suis pas certaine d'avoir atteinte. Tout en m'occupant du contact avec la presse, les élus et quelques célébrités locales, je dois superviser et surtout écouter les freins et les objectifs de chacun. C'est une expérience épuisante pour moi, qui ai pris pour habitude de faire cavalier seul. Mais je découvre aussi qu'ensemble on peut aller plus loin. Sans eux, jamais je n'aurais pu mener tout ça à bien. Et aussi, je préfère que le budget que l'on m'a attribué pour cet événement soit entre les mains de proches qui le méritent plutôt qu'entre celles de parfaits inconnus issus de multinationales.

Une fois à la propriété des parents de Brahim, je constate que ça ne ressemble pas tout à fait à ce que moi, j'aurais souhaité. Sur les photos, l'autoroute ne m'avait pas semblé si proche. J'ai peur que le bruit des voitures embête les invités. J'aurais dû mieux regarder l'emplacement sur Google Maps.

J'arrive juste à temps pour aider Carole avec la décoration.

— Merci d'avoir accepté de me filer un coup de main avec la déco.

— Ça me fait plaisir, tu sais bien que j'adore ça. Et puis, je n'ai pas utilisé grand-chose sur le budget que tu m'avais attribué, j'ai pris la plupart des articles dans ma collection personnelle.

— C'est une bonne initiative.

— Merci. Tiens, tu m'aides à déballer cette boîte ?

Je me saisis du carton qu'elle me tend. Lorsque je l'ouvre, je ne peux pas empêcher une grimace de déformer mes traits. Elle contient les nappes nécessaires à recouvrir les tables. Conformément à ce que j'avais demandé, le tissu est soyeux. Brillant. Chatoyant. Mais il est surtout bleu, avec quelques nuances de vert.

— Carole…

— Oui ?

— Tu as reçu mes instructions concernant le choix des teintes ?

— Bien sûr…

— Alors, pourquoi est-ce ça ne correspond pas ?

J'essaie de ne pas m'emporter. Après tout, elle s'est portée volontaire pour me filer un coup de main alors qu'elle a aussi du travail de son côté. Mais là, on frôle la catastrophe.

— Je n'en pouvais plus de voir toutes ces choses en rose, en orange ou en jaune.

Je prends sur moi pour ne pas crier.

— Ce sont les tonalités de la marque Samsara… tous leurs articles sont en accord.

— Eh bien, moi je trouve qu'un peu de changement ne leur fera aucun mal. Ce turquoise, là, il évoque l'océan Indien. L'exotisme des mers du Sud. Et le thé reste un produit exotique, non ? J'ai pensé que ça contribuerait à l'esprit de détente et d'évasion que souhaite promouvoir Samsara.

— Peut-être, mais je ne t'ai pas demandé de penser. Juste d'appliquer mes consignes.

Je me rends compte que ma réponse peut paraître blessante. C'est d'ailleurs le cas, si j'en crois l'expression déçue qui se peint sur les traits de Carole.

— Je suis désolée. Ce n'est pas ce que j'ai voulu dire.

Mes excuses font naître un sourire aimable sur les lèvres de celle que je considère comme une amie.

— Je comprends ton stress. Tu es du genre à essayer de suivre les règles au pied de la lettre. Mais fais-moi confiance. Laisse-moi décorer cette salle, et si le résultat ne te plaît pas, je me débrouillerai pour tout refaire en rose. Ça te va ?

La confiance n'a jamais été mon fort. Mais au point où j'en suis, je ne perds rien à l'accorder à Carole.

— D'accord. Faisons comme ça.

Le téléphone scotché à mon oreille pour gérer les coups de fil, je continue d'aider Carole et de faire mille autres choses à la fois, jusqu'à l'arrivée de Sophie, assez vite suivie de Lao Hu et de Dan Gao, qui ont fermé le café pour l'occasion. Je les regarde déballer les pâtisseries, toutes de type asiatique. Il y a des perles de coco, des galettes de soja, du nougat à la cacahuète… tout est délicieux. Je le sais pour l'avoir déjà goûté. J'espère seulement que ce sera conforme aux attentes de Samsara.

— Oh, regardez qui est venu ! s'exclame Dan Gao.

Je suis la direction qu'indique son index et distingue Patate, le chat roux.

— Il a dû se faufiler dans un carton, m'informe Lao Hu.

— Eh bien, il faudrait le remettre dedans. Il n'est pas question qu'il gambade librement pendant l'événement.

— Gambader, Patate ? C'est le chat le plus calme du monde.

Je baisse les yeux sur le félin obèse. Je n'en suis pas aussi convaincue. Lorsque personne ne me voit, j'attrape tant bien que mal le matou – qui doit bien peser une dizaine de kilos – et le coince dans un carton vide, que je ne ferme pas entièrement afin qu'il puisse respirer.

Problème réglé. Ou presque...

Le temps qui passe me fait oublier cette histoire de chat. De toute manière, j'ai tellement de choses à superviser que j'ai l'impression d'avoir la tête à l'envers. Dan Gao s'agite autour de la table. J'avise un genre de liquide verdâtre dans un immense saladier transparent.

— Qu'est-ce que vous préparez ?

— Une boisson tout droit venue d'Asie. Elle contient du jus de durian.

Je ferme les yeux pour ne pas m'emporter. J'avais été claire sur ce point. Les instructions de Samsara ne parlaient que de leur thé. Aucune autre boisson n'était mentionnée.

Je me tourne vers Lao Hu, qui me rassure d'un hochement de tête. Je me baisse pour sentir le breuvage.

— Oh, ça pue !

— C'est le durian. Dans les narines, c'est un enfer, mais c'est le paradis des papilles, promet Dan Gao avec enthousiasme.

Je n'en suis pas aussi convaincue.

— D'accord. Posons cette boisson là, sur cette table.

Je ne suis pas enchantée à l'idée de proposer ce breuvage immonde aux invités, mais je ne me sens pas de doucher l'enthousiasme de Dan Gao. Aussi, je pose le récipient tout près du lieu où l'on préparera le thé. Je le déplacerai plus tard, quand personne ne me regardera, et personne ne sera vexé.

Juste avant le début de la fête, j'ouvre le coffret contenant le thé. Le goûter commence dans quinze minutes. Il est temps de demander aux serveurs que j'ai recrutés pour l'occasion de faire chauffer de l'eau pour le thé.

— Où sont les bouilloires ? s'enquiert une serveuse.

— Euh, attendez, il reste des cartons, là, près du saladier contenant le jus de fruits bizarre. Elles doivent être rangées dans l'un d'eux.

Je l'accompagne jusqu'à la table sur laquelle sont encore disposés le thé, les cartons restants et le jus de durian. Pressée, j'ouvre une boîte pour aider la serveuse quand un miaulement surgit de l'intérieur du colis. Le temps que je réalise ce qui se passe, c'est trop tard. Ravi d'avoir été libéré, Patate bondit hors de sa prison et atterrit dans le saladier à jus de durian, que j'ai oublié de déplacer.

Ouf, une boisson écœurante de moins !

Mon soulagement est éphémère comme la beauté d'un papillon. Ébahie, je regarde le liquide verdâtre jaillir hors du saladier, survoler un carton, puis s'échouer sur le coffret de thé, qui, pour ne rien gâcher du spectacle, était ouvert. Prise de panique, je me précipite dessus pour constater les dégâts. Le produit phare de Samsara est imbibé de produit malodorant.

Autour de moi, c'est la stupéfaction. Tout le monde a les yeux braqués sur les méfaits de Patate, qui, satisfait de sa prouesse, se lèche tranquillement les pattes dans un coin de la table.

— Salut, la compagnie ! s'écrie Sophie, qui était sortie passer un dernier coup de fil. Qu'est-ce qui pue comme ça ? C'est infect !

Je ne sais même pas quoi répondre. D'ailleurs, personne ne parle. Dans ma tête, ça carbure à mort à la recherche d'une solution.

— Je vais au magasin acheter du thé. Je serai là dans dix minutes, lancé-je en dégainant mes clés de voiture.

— Euh, ça ne va pas être possible, contre Sophie. Les invités sont déjà là. Je vais aller les accueillir.

Je la regarde s'éloigner avec l'impression de ne plus rien maîtriser. Tout part à vau-l'eau et il n'y a rien que je puisse faire pour empêcher ça.

— Ça va aller, ne t'en fais pas.

Je plante mes deux billes noires de colère dans celles de Lao Hu.

— Non, ça ne va pas. Des gens comptent sur moi pour faire de ce goûter une réussite. Et avec une décoration à côté de la plaque, une salle donnant sur l'autoroute et un thé qui pue le vomi, c'est tout sauf un succès.

Loin de s'en offusquer, Lao Hu me sourit avec cet étrange calme qui le caractérise.

— Tout va bien, Sélina.

— Non. Comment est-ce que ça pourrait bien se passer alors que tout part en vrille ?

— Avec de la confiance.

Je ris malgré moi.

— De la confiance ? Avec de la chance, surtout.

— Ces deux caractéristiques vont souvent ensemble, je te l'accorde.

J'aurais bien répliqué quelque chose, mais je n'ai effectivement plus le temps. Je ravale mes angoisses, plaque mon plus beau sourire sur mon visage et file accueillir les invités du mieux que je le peux. De toute manière, les dés sont jetés, alors autant faire bonne figure.

Deux heures plus tard, je dois admettre que le goûter est un franc succès. C'est en partie grâce à Coco d'Alfredo, qui n'a pas son pareil pour animer les fêtes. Mais c'est surtout grâce à mes proches et collègues. Avec la musique, personne n'entend l'autoroute, de toute façon. La décoration exotique semble plaire, et Sophie gère parfaitement l'accueil.

Quand Lao Hu se poste à côté de moi, je sais déjà ce qu'il va me dire. Qu'il a eu raison depuis le début. Mais l'approche de Samuel Larose, le P-DG de Samsara, ne nous laisse pas l'occasion de discuter. Avisant le verre de thé qu'il tient à la main, je me raidis.

— Je constate que vous n'avez pas appliqué mes recommandations. Honnêtement, ce n'est pas plus mal. Tout ce rose commençait à me donner mal à la tête.

— Merci. C'était l'idée d'une de mes collègues. Elle s'appelle Carole.

— Elle est franchement douée.

— C'est sa passion.

— Je me demande si elle serait intéressée par une collaboration avec nous.

Je sais qu'il lui arrive d'accepter des missions pour d'autres boîtes, et qu'elle n'est pas réellement attachée à Matuvu. Ce que je peux comprendre, maintenant que mon univers s'élargit peu à peu.

— Je peux vous la présenter, si vous le souhaitez.

— Tout à l'heure, ce serait une bonne idée. Vous vous rendez compte que je n'ai pas encore eu le temps de goûter à mon thé ?

Le voyant approcher la tasse des lèvres, je panique.

May day, may day !

À côté de moi, Lao Hu retient un rire tandis que j'écarquille les yeux, le P-DG boit une première gorgée. Il écarte vivement le breuvage avant de l'approcher à nouveau de ses lèvres.

— Mon thé n'a pas le même goût que d'habitude. Que s'est-il passé ?

J'ouvre la bouche en quête d'une pirouette qui me permettrait d'esquiver le problème, de la même manière que je l'ai fait avec Albert lorsque j'ai détruit sa voiture. Et l'intégralité ou presque des fenêtres de son entreprise.

C'était compter sans la présence du trop honnête Lao Hu.

— Mon chat a renversé du jus de durian dessus. Je suis désolé.

— Du jus de durian, dites-vous ?

Là-dessus, le patron de Samsara renifle le breuvage avant de boire une nouvelle gorgée.

— C'est l'enfer dans les narines…

— Mais le paradis sur les papilles, complète Lao Hu.

— C'est exact. Sans cette odeur, j'aurais été tenté de créer une nouvelle gamme de thé, parce que j'adore la saveur.

— Alors, sachez que ce désagrément olfactif peut être réduit de manière très simple. Si vous ajoutez quelques feuilles de citronnelle et…

Les deux hommes abordent différentes techniques pour renforcer ou contrer les parfums des feuilles.

— Comment se fait-il que vous connaissiez si bien le thé ?

— Je passe ma journée à en servir à mes clients. Je tiens un bar à chats, et le thé est notre boisson principale.

— Intéressant !

Je laisse les deux amoureux du thé échanger pour me diriger vers Dan Gao.

— Merci pour tout. Je suis désolée d'avoir été si froide avec vous.

Elle ébauche un geste de la main pour me signifier que ça n'a pas d'intérêt.

— C'est normal d'être un peu perdu, au début. Accorder sa confiance n'est pas une chose facile, mais lorsqu'on y prend goût, on ne peut plus s'en passer.

— Lao Hu m'a dit que ça n'a pas été évident pour lui non plus de vous laisser la main sur la pâtisserie.

— Pas évident ? répète-t-elle en riant. C'est un euphémisme, ça. Si tu savais…

— Vous pouvez me raconter, si vous voulez.

En vrai, tout ce qui concerne Lao Hu m'intéresse au plus haut point, sans que je puisse comprendre pourquoi.

Une expression espiègle sur son visage ridé de vieille sage, elle me pince le nez en signe d'affection.

— Eh bien, il avait si peur que je fasse une bêtise s'il me laissait sans surveillance que j'ai d'abord cru que cet homme était une extension de mon rouleau à pâtisserie. Et je ne te dis pas la tête qu'il a faite la première fois que j'ai confondu le sel et le sucre.

— La première fois ? Parce qu'il y en a eu d'autres ?

— Oui. Ensuite, elle a confondu sirop d'érable et sauce soja. Je te laisse imaginer le résultat, lance une voix juste derrière moi.

Je frissonne de le savoir si proche.

— Ça n'a pas été facile d'apprendre à déléguer, mais maintenant, je ne pourrais plus m'en passer. Et toi, tu regrettes d'avoir accordé ta confiance ?

Ses yeux me sondent intensément.

— Et passer à côté de ces petites catastrophes qui, réunies, ont donné lieu à la naissance d'un nouveau thé ? Jamais de la vie.

Son sourire comblé réchauffe un point stratégique à l'intérieur de moi tant et si bien que le doute n'est pas permis : se pourrait-il qu'il parvienne à toucher mon cœur ?

Troublée, je me détourne. Mon regard tombe alors sur Patate. En plein milieu des rires et du joyeux tumulte de la fête, le paisible chat nous observe avec sagesse, comme s'il avait compris quelque chose qui m'échappe encore. Des miettes dans ses moustaches témoignent du plaisir qu'il a pris à engloutir un aliment inconnu. D'ailleurs, je suis certaine qu'il ronronne de satisfaction. Je tends mon téléphone et appuie sur un bouton, captant cet instant de contentement félin.

Chapitre 9

Un chat a une honnêteté émotionnelle absolue :
les êtres humains, pour une raison ou une autre,
peuvent cacher leurs sentiments,
mais un chat ne le fait pas.

Ernest Hemingway

Ce vendredi soir, pour la première fois, j'éprouve un pincement au cœur à l'idée de ne pas revoir Lao Hu pendant deux jours, ce qui est parfaitement stupide ! Après cette semaine agitée, je devrais être heureuse d'être en week-end, au lieu de quoi, j'en suis réduite à traîner la patte pour prolonger au maximum le temps passé à ses côtés.

Est-ce que j'ai des sentiments pour lui ? Certainement pas ! Je suis tombée amoureuse une fois dans ma vie, et je pense que ça m'a vaccinée à tout jamais. C'est autre chose. Je pense que j'apprécie simplement de passer du temps avec lui. À ses côtés, je me sens bien. Plus zen.

Je suis prête à lui montrer ce que j'ai commencé à préparer pour son site. Pour l'instant, je n'ai pris que deux photos de ses chats, mais je trouve qu'elles reflètent parfaitement leur caractère. J'ai aussi effacé la page web que j'avais préparée le premier jour. Elle ne traduit aucunement l'âme des lieux. Je pense opter pour quelque chose de bien plus personnel.

Quand le dernier client vient de partir, je lève la main, prête à appeler Lao Hu pour lui parler des nouveautés que je compte apporter à notre projet. Alors que je n'ai pas émis le moindre son, la porte s'ouvre sur une jeune femme. Elle doit avoir dans les vingt-cinq ans. Six de moins que moi. Avec ses cheveux roux qui ondulent jusqu'à sa taille fine, elle est à tomber. Et moi, c'est de ma chaise que je manque de choir lorsque je vois Lao Hu venir à sa rencontre et la prendre dans ses bras.

— Erenn ! Je suis tellement content de te revoir !

Ça se voit, comme le nez au milieu de la figure. Il affiche un sourire large comme l'océan Pacifique.

Je suis plus zen, vraiment ?

Elle pose la main sur l'épaule de Lao Hu. Il caresse son visage de porcelaine. C'est quoi, la prochaine étape ? Commencer sans plus attendre la fabrication d'un successeur qui reprendra *La Souplesse du Chat* ? Je retiens mon inexplicable envie de les étriper sur place. De la démarche élégante des ballerines, la jeune femme, très gaie, va s'asseoir à une table non loin de la mienne. Il la suit, tout aussi gracieux. On dirait qu'ils dansent. Moi, quand je me lève, mon ventre qui tape contre la table fait tanguer mon verre vide. C'est aussi de la danse, mais ce n'est pas exactement pareil.

— Je vais y aller, lancé-je en refermant le clapet de mon ordinateur.

En dehors de Patate, qui m'observe en bâillant depuis la chaise d'à côté, personne ne fait attention à moi. Je n'ai plus qu'à quitter les lieux en toute transparence, puisque ni le patron ni miss ballerine ne remarquent mon départ.

Malheureusement pour moi, ma « transparence » ne fonctionne pas sur tout le monde. Après avoir pris ma voiture pour aller faire les courses, je tombe sur ma sœur, qui, elle, me voit très bien et me coince au rayon fitness. Contrairement à elle, j'ai emprunté ce couloir en guise de raccourci vers celui des bonbons. Après avoir longuement observé le contenu de mon caddie – cinq tablettes de chocolat, deux paquets de chips et une caisse de nouilles instantanées –, elle me dévisage comme si j'étais une pustule sur le bout de son nez.

— C'est dommage que tu manges toutes ces saletés. Tu as un beau visage. Avec quelques kilos en moins, tu serais très bien.

Je me retiens de lui opposer que je ne me nourris pas exclusivement de cochonneries, mais que ce soir, j'ai craqué pour le sucre et le gras parce que pour moi, c'est une manière efficace de trouver du réconfort. Et surtout, je m'empêche de lui balancer que ça ne la regarde pas. Elle a peut-être treize mois de plus que moi, cela ne lui donne aucun droit de me juger.

— Tu sais, je ne dis pas ça contre toi, mais pour toi. L'horloge tourne, Sélina. Après trente ans, ça devient compliqué de se trouver un mec alors si en plus tu t'empiffres…

Cette fois, je vois rouge. Pas parce qu'elle se mêle de ce qui ne la regarde pas, mais parce qu'elle a frappé là où ça fait mal. Mon célibat, je le vis de moins en moins bien et elle ne devrait pas s'en servir contre moi.

— Eh bien, tu apprendras que certaines d'entre nous préfèrent être seules que mal accompagnées.

Elle sait très bien que je n'ai jamais pu encadrer son futur mari. Sous ses airs de gendre idéal, banquier beau gosse tout ce qu'il y a de plus respectable, il y a quelque chose en lui qui ne me plaît pas. Ajoutons à cela la manière peu amène dont il traite ma sœur, comme si elle était un trophée, et vous obtenez, à mon sens, le portrait typique du beauf par excellence.

Pour autant, je n'ai jamais fourré mon nez dans sa vie affective. Garder mes distances et respecter les autres sont pour moi deux valeurs immuables.

Soufflée, ma sœur me regarde partir en silence.

— Eh bien, tu devrais. Parce qu'on ne peut pas arrêter l'horloge biologique !

Je m'enfuis aussi vite que je le peux, me dirigeant vers les caisses sans un regard en arrière. Tant pis pour les courses, ce week-end, Sophie et moi on se contentera de friandises. De toute manière, l'humiliation publique que je viens de subir m'a coupé l'appétit.

Je suis encore sous le choc quand je rentre à la maison. D'abord, il y a eu Lao Hu, sa ballerine gracieuse et ma jalousie déplacée. Déplacée, parce que je n'ai aucune raison d'être jalouse étant donné qu'il ne me plaît même pas. J'apprécie juste un peu trop sa compagnie, nuance. Ensuite, les commentaires humiliants de ma sœur. J'ai largement de quoi déprimer.

C'est pourquoi lorsque Sophie se lève de sa nuit, ou plutôt de son jour, elle me trouve affalée sur le canapé, une tablette de chocolat sur le ventre, et je ne parle pas de mes abdominaux.

— Toi, tu as la tête des mauvais jours, commente-t-elle.

— Et c'est censé me remonter le moral, ça ?

Elle rit, amusée.

— Tu as envie d'en parler ?

Je fais non de la tête, puis me ravise. Avant, j'aurais tout gardé pour moi, mon mélange de peur et de pudeur naturelles m'empêchant de m'épancher. Il faut croire qu'aux côtés de Lao Hu j'ai appris qu'il n'y a aucun mal à ouvrir un peu les vannes de son cœur lorsqu'un événement trop dur à porter l'empêche de battre librement. Alors, je lui raconte tout. Ou presque. Ma rencontre fortuite avec ma sœur, ce célibat qui me pèse… j'oublie juste – presque involontairement – d'évoquer ma réaction idiote lorsque j'ai aperçu le patron de *La Souplesse du Chat* avec cette fille si gracieuse.

— Alors, excuse-moi, mais ta frangine est mal placée pour en parler, puisqu'elle va bientôt convoler en justes noces avec l'un des gars les plus lourds de la planète.

Je ris de sa manière de présenter les choses.

— C'est vrai. Elle ne constitue pas un exemple. Pour autant, je dois admettre que le célibat me pèse.

Elle s'assied sur le canapé en face du mien et croise les mains entre ses genoux légèrement écartés, les épaules penchées en avant.

— Tu n'es pas obligée de l'écouter, Sélina. Cette horloge qui tourne, c'est de la connerie, sauf si tu veux avoir des enfants, mais tu ne m'en as jamais parlé, alors… Et puis, il n'y a pas de mal à être célibataire.

— Je sais qu'il n'y a pas de mal, So. C'est moi qui me sens seule. Je me suis pliée en quatre pour Jérôme…

— Qui était lui aussi un des gars les plus lourds de la planète, à croire que votre propension à vous mettre en couple avec ce genre d'énergumène est génétique.

J'ébauche un demi-sourire teinté d'amertume.

— Je te l'accorde, Jérôme n'était pas quelqu'un de bien. Toujours est-il qu'il n'est pas resté malgré la quantité d'efforts que j'ai déployés pour lui.

— Parce que justement, si tu as en permanence l'impression de devoir faire des efforts pour garder quelqu'un à tes côtés, c'est peut-être que vos chemins ne sont pas faits pour être parallèles…

Ses paroles ne manquent pas de bon sens. Mais il n'empêche que je me sens incomplète. Nous nous regardons longuement. Parfois, les mots sont superflus entre nous. Nos âmes communiquent d'une manière plus pure que le langage parlé ne peut le permettre.

Sophie ramène ses genoux près de sa poitrine. À sa position, je sais qu'elle est prête à passer à l'attaque.

— Est-ce que tu as quelqu'un en vue ?

Je secoue la tête.

— Pas même Là-Haut ?

— Lao Hu ?

— Oui, voilà, c'est ça. Lao Hu.

— Non.

J'ai le sentiment de mentir comme une arracheuse de dents. Sophie plante ses iris acérés dans les miens, en quête de la moindre faille.

— Pourquoi ? demandé-je.

— Parce qu'il est plutôt beau, gracieux, drôle… Et qu'il te fait du bien.

— Il me fait du bien ?

Je suis étonnée qu'elle l'ait remarqué.

— Oui. Tu es différente depuis que tu fréquentes son bar à chats. Tu es plus… toi.

J'arque un sourcil sceptique.

— Tu te rapproches plus de celle que tu étais avant.

— Avant quoi ?

— Avant que la vie ne te rattrape et ne te fasse devenir quelqu'un de rigide pour essayer de coller à ce que tu penses qu'on attend de toi.

Je secoue la tête, plus touchée que je ne le voudrais par ses mots.

— Je change un peu, c'est vrai. Mais tout ce que j'apprends, ce sont ses chats qui me l'enseignent.

Loin d'être perturbée par l'ânerie que je viens de sortir, elle hoche la tête.

— J'ai entendu dire que les meilleurs thérapeutes ont une fourrure et quatre pattes.

Je lui souris. Elle n'a peut-être pas entièrement tort.

— J'aimerais moi aussi adopter une boule de poils, un jour. Bref, tu veux qu'on se regarde un film, Sélina ?

— Je vote pour un truc bien sanglant. Avec de beaux mecs.

— Sanglant et avec de beaux mecs ? Je ne vois que *World War Z*.

Tout au long du film, Sophie pianote sur son téléphone. Je ne suis pas étonnée. Christophe lui manque et ils échangent près de cent textos par jour. Mais chaque fois que nos regards se croisent, le sien est rempli de complicité. J'ai de la chance de pouvoir compter sur elle.

Lorsque Brad Pitt a fini d'achever le dernier des zombies, les mots de ma sœur tournent toujours dans ma tête. Sophie, quant à elle, sourit jusqu'aux oreilles.

— Qu'est-ce qui se passe ? Tof t'a encore envoyé un sexto ?

— Oh, les sextos, j'ai l'habitude. Mais toi, t'as un rencard.

— Un rencard ?

Je me penche en avant, étonnée.

— Avec qui ?

— Avec lui, fait-elle en me tendant son téléphone.

Je lui prends le smartphone des mains, l'approchant de mon visage pour mieux voir la photo qui s'affiche sur l'écran. Plutôt beau gosse, les cheveux châtains, plus longs que ceux de Lao Hu. Ses yeux sont d'un vert atypique, au point que je me demande si la couleur n'a pas été retouchée. Il pose à côté de ce qui ressemble à une planche de surf.

— C'est qui, lui ? Un acteur ? Un surfeur célèbre ? Tu me fais une blague, c'est ça ?

Je ne m'y connais pas du tout en sports aquatiques.

— Je t'explique : j'ai téléchargé une appli de rencontres.

— Quoi ? Tu as… ?

Elle ébauche un geste de la main pour signifier que ça n'a aucune importance.

— Lui, c'est Matthias. J'ai sélectionné son profil spécialement pour toi sur l'appli que j'ai installée sur ton téléphone. Tu vas voir, il est parfait ! Sportif de trente-deux ans, passionné de paddle – c'est presque comme le surf – et de toute activité qui touche de près ou de loin à l'eau douce ou salée. Il vit en Alsace du Nord, parle couramment trois langues, et sur son profil, il est écrit qu'il a déjà lu *La Plage* trois fois.

La Plage, d'Alex Garland, est mon roman préféré. En France, rares sont ceux qui l'ont lu. C'est cette info qui me donne envie de le rencontrer.

— Et ce type-là a envie de me voir, moi ?

Sophie s'esclaffe.

— Tu sais que ton étonnement est une insulte que tu te fais à toi-même ? Bien sûr qu'il souhaite te rencontrer, pourquoi ne le voudrait-il pas ?

— Parce qu'en dehors de ce livre qu'on a lu tous les deux, je n'ai pas l'impression que nous collions ensemble.

Elle balaie l'air de la main pour signifier son indifférence.

— Bon, tu veux le rencontrer ou pas ?

Certes, nous ne sommes certainement pas taillés du même bois, mais ce n'est pas comme si les prétendants se bousculaient à ma porte.

— Ouais, dis-je en haussant les épaules. Pourquoi pas ?

Sans un mot, Sophie pianote encore sur son téléphone. J'en profite pour aller me servir un verre d'eau.

— Rendez-vous confirmé pour lundi en fin d'après-midi.

— Cool, c'est rapide ! Où ça ?

— À *La Souplesse du Chat*. Comme ça, en plus d'être rapide, ce sera pratique.

Je bats des cils, décontenancée.

— À *La Souplesse du Chat* ? Tu en es sûre ?

— Bien sûr. Ça ne devrait pas poser de problème au patron, à moins qu'il n'y ait quelque chose entre Lao Hu et toi.

Avant de répondre, je songe à la manière dont il me regarde. À la façon, si tendre, dont il s'occupe de moi. Plus d'une fois, je me suis demandé si lui aussi, il ressentait cette accélération du rythme cardiaque lorsque nos corps se frôlent. Lorsque nos regards s'attardent.

Puis je pense à la ballerine et je conclus que je n'ai pas une seule chance.

— Non, *La Souplesse du Chat*, c'est parfait.

Lundi, celle que j'ai surnommée « la ballerine » n'est plus là. Peut-être a-t-elle passé le week-end avec Lao Hu. Il est possible qu'elle dorme encore à l'étage, là où vit le patron du café. Dans tous les cas, ça ne me concerne pas. Du moins, c'est ce que je ne cesse de me répéter depuis que j'ai poussé la porte du bar à chats. Fidèle à lui-même, Patate vient s'asseoir près de moi. Sa présence me plaît de plus en plus.

— Tu as passé un bon week-end ? s'enquiert Lao Hu en disposant mon petit-déjeuner sur ma table.

— Plutôt, oui. Et toi ?

J'évite de lever les yeux de mon thé pour qu'il ne devine pas combien sa réponse m'importe. Avant, j'étais indifférente à tout, ou presque. Depuis quelques semaines, j'ai l'impression de réapprendre à vivre. Mes émotions sont vraies, parfois puissantes, et j'ignore comment les camoufler au mieux.

— Oui, c'était plutôt agréable. J'ai eu de la visite, alors je n'ai pas vu le temps passer.

Je serre les dents et ravale ma jalousie mal placée. Au moins, je n'aurai aucun remords à accueillir mon rendez-vous comme il se doit.

Ce soir, je quitte mon poste de travail une heure et demie plus tôt. Lao Hu, occupé avec un client, me lance un regard étonné auquel je ne réponds pas. Je rentre chez moi pour me changer et m'offrir un petit ravalement de façade. Comme je ne connais pas les goûts de Matthias, le surfeur, j'opte pour une robe noire, puisque ça va avec tout. Puis je me ravise après avoir brièvement consulté son profil sur l'application de rencontres que Sophie a installée pour moi. Il aime bien le rose. Ce n'est pas une couleur que j'affectionne en particulier, raison pour laquelle je n'ai aucune tenue de cette teinte. Ni vu ni connu, je me faufile dans la chambre de Sophie, qui est déjà partie au travail, et lui pique une robe rose pâle. Je finis de me coiffer et de me maquiller en espérant qu'il appréciera.

Je retiens mon souffle en tirant la porte de *La Souplesse du Chat*. J'attire chaque paire d'yeux. Aussi bien ceux des clients que ceux de Lao Hu, et ce sont ces derniers qui me font détourner les miens.

— Tu as oublié quelque chose ?

Je fais non de la tête et fonce en direction de ma table habituelle.

— Vous êtes très jolie, me complimente Charlotte, une habituée des lieux.

— Merci.

Je dégaine mon téléphone pour masquer ma nervosité. Par chance, je n'ai pas besoin d'attendre longtemps l'arrivée de Matthias.

Une chose est sûre, alors que d'autres n'hésitent pas à tricher sur leurs photos de profil, lui n'a pas menti sur son apparence. Avec sa carrure athlétique, ses longs cheveux châtains, ses yeux verts et sa peau mate d'homme qui passe beaucoup de temps dehors, il a l'air tout droit sorti d'un magazine de mode.

Immédiatement, tous les regards convergent sur lui. C'est sûr qu'il détonne dans cet endroit cosy.

— Sélina ?

J'acquiesce en espérant que mon stress n'est pas visible. À côté de moi, Patate me file un coup de patte en se nettoyant, ce qui me rappelle que je ne suis pas un félin et que par conséquent, je suis soumise aux bonnes manières. Aussi, je me lève un peu gauchement pour saluer mon rencard, qui me claque une bise sonore sur la joue. Lui, au moins, ne manque pas d'assurance.

— Tu n'as pas eu trop de mal à trouver ?

— Si. Figure-toi que je me suis d'abord arrêté au gymnase de Werstheim : je pensais que *La Souplesse du Chat* était le nom d'une salle de sport ! Cet endroit n'a même pas de site Internet.

— Pour l'instant, commenté-je.

Ce qui me vaut un haussement de sourcils dubitatif.

Matthias éternue. Une fois. Puis deux. Et trois.

— C'est quoi toutes ces boules de poils ? Je suis allergique aux chats.

Je croise le regard moqueur de Lao Hu, venu prendre nos commandes. Il se penche en avant et affiche un sourire faux à destination de Matthias.

— Comme indiqué sur la devanture, il s'agit d'un bar à chats. Aussi, si vous êtes embêté, je vous conseille de vous rendre dans l'autre café de Werstheim, juste à l'autre bout de notre petite ville.

Menteur ! Ce n'est pas mentionné sur la vitrine. Je vais le tuer.

— Non, non, ça ira.

— Parfait. Dans ce cas, que puis-je vous servir ?

— Un café ?

— On ne fait que du thé.

C'est faux. Ils servent aussi des boissons fraîches. Et j'ai déjà vu Dan Gao préparer des cafés dans la cuisine lorsque Lao Hu s'absente. Eh oui, il y a une cafetière.

— Alors, va pour un thé. Et toi ?

— Euh, la même chose.

Lao Hu s'en va avec un hochement de tête professionnel. D'un côté, je regrette qu'il nous laisse seuls parce que je ne sais pas comment entamer la conversation avec l'inconnu qui me fait face. De l'autre, je suis soulagée de le savoir derrière le comptoir plutôt qu'à mes côtés, tant j'ai l'impression qu'il me juge.

Par chance, Matthias parle tout seul. Je hoche la tête de temps à autre, quand cela me semble opportun. En dehors de ça, le beau gosse n'a besoin de rien d'autre. J'étudie aussi bien son langage corporel que l'attitude de ceux qui nous entourent. Il paraît sûr de lui. Il aime se mettre en avant sans toutefois posséder un ego surdimensionné. C'est simplement un type qui a l'habitude de plaire. Je le constate aussi à la manière dont les autres clients nous observent. La plupart des regards féminins ne sont pas dépourvus de gourmandise. Et il est passionné par son activité sportive. Conclusion : cet homme n'est pas la lumière de l'année, mais sa compagnie est plutôt agréable et son physique l'est encore plus. Clairement, ce n'est pas le coup de foudre, mais je le trouve suffisamment acceptable pour tenter quelque chose avec lui. Malgré tout, je reste passive. Ça serait tellement plus facile si je ne sentais pas les iris noirs de Lao Hu posés sur moi.

— Et toi, alors, tu fais quoi ?

Enfin, il s'intéresse à moi. Ses deux billes d'un vert émeraude me détaillent attentivement.

— Je travaille pour une boîte de marketing qui…

Je m'arrête quand il agite ses mains devant nous.

— Non, tu fais quoi comme sport aquatique ?

Je sais faire la planche, ça compte ? Sinon, la vaisselle, c'est très bien aussi.

Je surprends le regard de Lao Hu sur moi. Il va me prendre pour une idiote, c'est sûr. Mais si je veux sortir de ma solitude et limiter les reproches de ma sœur, je n'ai pas trente-six solutions.

— Euh, un peu de tout.

Je ne lève surtout pas la tête quand le patron vient nous apporter une deuxième théière. Je sais parfaitement à quoi ressemble son petit sourire aussi suffisant que craquant.

— Un peu de tout ? Il doit bien y avoir quelque chose que tu préfères. Aquaskipping, aviron, flyboard, wakeskate, ski nautique…

— Le ski nautique, j'adore ça ! m'exclamé-je en choisissant le dernier de sa liste.

— Super ! Alors, on se donne rendez-vous samedi prochain, à la base de sports nautiques de Marckolsheim. On va s'éclater, tu vas voir !

S'éclater ? C'est sûr, je me donne trente secondes chrono avant de m'éclater face la première dans l'eau.

— Qu'est-ce qu'il y a ? Tu es prise, Sélina ?

Prise à mon propre piège, oui.

Je croise le regard intrigué de Lao Hu. C'est ce qui me pousse à me jeter dans la gueule du loup.

— Oui, mais je vais me débrouiller pour me libérer.

Le sourire Colgate de Matthias ne parvient pas à calmer mes angoisses, mais c'est trop tard pour reculer, non ? Et puis, je suis sûre qu'au fond ce n'est pas si difficile !

Je me raccroche au seul point que Matthias et moi avons en commun : notre amour pour un livre pas très connu en France.

— Alors, *La Plage* ?

Il hausse les sourcils d'un air surpris.

— Ben, c'est top pour le surf. Mieux que le Rhin, c'est sûr. Mais fait un peu loin comme trajet pour une seule journée, tu ne crois pas ?

Je secoue la tête en souriant de sa méprise.

— Non, je parle de *La Plage*, le livre.

— Euh, un guide de surf ? Non, pas pour moi, franchement. J'ai appris avec un coach, c'est nettement mieux que sur le papier.

Non, mais il le fait exprès ou quoi ?

— Je faisais référence au livre d'Alex Garland. *La Plage*. Sur ton profil, il est écrit que tu l'as lu trois fois.

Il rit. Pas moi.

— Tu parles du site de rencontres ? C'est ma frangine qui a rempli mon profil, je lui avais demandé de mettre un truc intello, alors elle a dû choisir ce bouquin-là.

J'essaie de ne pas montrer ma déception. Ce n'est pas comme si les prétendants se bousculaient au portillon, après tout. Je ne peux pas me permettre de faire la difficile.

— OK. Si tu veux, la version film existe. On pourra la regarder ensemble, à l'occasion.

— Ouais. Bon, il faut que j'y aille, fait-il en se levant. Je dois passer récupérer une nouvelle planche chez un particulier qui vit dans le coin. C'était un plaisir de te rencontrer, j'ai hâte de remettre ça.

Je hoche la tête avec conviction en me mettant debout moi aussi. Galant, il laisse un billet de dix euros sur la table, après quoi il se tourne vers Lao Hu en levant un bras musclé.

— Gardez la monnaie, m'sieur !

Tandis que je le suis, il éternue une énième fois en se dirigeant vers la sortie. Alors que nous avons presque atteint la porte, les doigts agiles de Lao Hu s'attardent sur mon bras. Je tressaille sans pouvoir réprimer ce que son contact m'inspire.

— J'ai laissé de quoi payer nos consommations sur la table, se défend Matthias.

Je ferme les yeux, morte de honte.

— Je n'en doute pas, monsieur. Je voudrais seulement m'entretenir quelques instants avec Sélina.

— Ouais, OK, pas de problème. Je file, hein. Faut que je récupère ma planche.

Le play-boy se baisse pour déposer un baiser sur ma tempe. Ses lèvres sont douces, mais elles ne déclenchent ni brûlure ni frissons sur ma peau. Ça viendra peut-être avec le temps.

Je souris à Matthias, qui s'en va, avant de retrouver l'expression neutre que je dédie à Lao Hu.

— Du ski nautique, hein ?

Je me mords l'intérieur des joues, mais parviens à garder un air indifférent.

— Oui, pourquoi ?

— Rien. J'ignorais que tu étais une championne des sports aquatiques.

Et moi donc.

Je lui décoche un rictus assassin.

— Il faut savoir garder sa part de mystère, opposé-je.

— Parfaitement, oui.

Nous nous affrontons du regard jusqu'à ce que je décide de lui tourner le dos. Face à lui, j'ai parfois l'impression qu'il peut lire en moi comme dans un livre ouvert. À moi de le refermer pour ne pas montrer trop de pages. Son timbre agréable m'arrête alors que je saisis la poignée de la porte.

— Tu sais quelle est la principale différence entre un chat et un mensonge, selon Mark Twain ?

Je secoue la tête de droite à gauche sans me retourner.

— C'est que le chat n'a que neuf vies.

— Peut-être. Mais il revient au menteur de convertir son mensonge en vérité.

En clair, je n'ai plus qu'à monter sur ces planches et à prier pour que ça se passe bien.

Le samedi matin, j'enfile mon maillot de bain rose acheté pour l'occasion, et commence à mettre mes habits par-dessus quand Sophie fait irruption dans ma chambre.

— Sérieusement ? Il fait 5 degrés dehors. Tu es sûre de ton coup ?

— C'est du sport. On n'a jamais froid quand on fait du sport.

— OK, libre à toi si tu veux jouer les Pamela Anderson du Rhin, mais essaie de ne pas revenir avec une pneumonie, d'accord ? On est débordés à l'hôpital.

J'acquiesce. Elle s'approche avec un sourire avenant.

— Je suis fière de toi. Tu vas au-devant de tes peurs et tu t'ouvres doucement. C'est un pas en avant.

— Merci.

— Comment a réagi Là-Haut ?

Je n'essaie même plus de la corriger. Mais je masque le pincement au cœur que me provoque le fait de penser à lui. Cette semaine, c'est à peine si nous nous sommes adressé la parole. Moi qui n'attendais que de partager mes idées pour son site, j'ai eu comme une coupure d'inspiration, sans parler de cette frustrante et inexplicable distance qui s'est installée entre nous.

— Fidèle à lui-même : donneur de leçons, lourd et silencieux.

— Silencieux ? Ça ne colle pas vraiment avec son comportement habituel, si ?

— Il faut croire qu'il avait une angine…

— Ou qu'il était jaloux.

— Jaloux de quoi ? Si j'ai bien compris, il était lui aussi en charmante compagnie tout le week-end, alors…

— Ne te fie pas aux apparences…

— Si ça miaule, que ça a des poils, des pattes griffues et une queue, c'est que c'est un chat.

— Ou un gosse déguisé en…

Je dresse les mains devant moi pour faire comprendre à Sophie que le sujet est clos. Elle lève les yeux au ciel, mais capitule quand même. Je l'attire à moi pour lui coller une bise sur la joue.

— Allez, file, So. Tof doit être impatient de te revoir !

Son visage s'éclaire de bonheur. Exceptionnellement, elle ne travaille pas ce week-end. Raison pour laquelle elle va enfin retrouver Christophe après quelques semaines sans le voir. J'envie leur amour tout en étant heureuse pour eux.

— Tu as raison. Merci de m'avoir prêté ta voiture.

— C'est normal. Tu ferais pareil pour moi.

Elle opine en brandissant son index dans ma direction.

— D'ailleurs, si tu as le moindre souci, appelle-moi. Tof et moi, on se retrouve à mi-chemin entre nos deux villes. Je peux faire Lyon-Strasbourg en moins de quatre heures s'il le faut.

— Tout se passera bien.

Ou pas. Dans tous les cas, l'inquiéter est inutile.

Cela fait quinze minutes que Sophie est partie quand j'entends un coup de klaxon. Je passe ma tête par la fenêtre pour connaître l'identité de l'importun et tombe directement sur Lao Hu, qui, la porte du café ouverte, observe d'un air neutre une berline rouge qui m'est inconnue. Ses yeux se posent sur moi à l'instant même où une voix grave et masculine hurle mon prénom. C'est Matthias. Pourquoi est-ce que je ne suis pas étonnée ? Le bellâtre klaxonne une deuxième fois en agitant la main pour me faire coucou. Je réponds par la pareille avant de refermer le carreau.

Mon sac sur le dos, je le rejoins dehors et jette un œil mauvais à Lao Hu, qui n'a pas choisi le meilleur moment pour nettoyer sa devanture. Sérieusement, j'ai bien envie de l'étriper. Je décide de l'ignorer et me dirige sans détour vers Matthias, qui me claque une bise sur la joue.

— Tu es très jolie.

— Oh, ce n'est rien. Je viens juste de me lever. J'ai eu à peine le temps de me préparer.

Faux. Je suis me suis réveillée aux aurores et j'ai mis plus d'une heure à peaufiner mon maquillage waterproof. Il m'a fallu trente minutes rien que pour l'eye-liner.

— Cool. Au fait, j'ai commandé des gâteaux au soja au bar à chats. C'est top pour l'énergie et les muscles.

Je hoche la tête. Je les adore aussi, mais ils ont tendance à venir se loger directement sur mes hanches.

— Tu as raison. Dan Gao est une excellente pâtissière.

Matthias paraît surpris.

— Tu connais tous les gens qui bossent là-dedans ?

— C'est une longue histoire.

Juste à cet instant, la porte de *La Souplesse du Chat* s'ouvre sur Dan Gao, qui nous tend un paquet.

— J'y vais, dis-je rapidement.

Je ne lui laisse pas le temps de répondre et me hâte de rejoindre la grand-mère chinoise.

— Plutôt beau gosse, ce jeune homme. Essaie seulement de ne pas te noyer !

— De ne pas me noyer ? Tu sais ce qu'on va faire aujourd'hui ?

Lorsque j'ai abordé ce sujet avec Matthias, elle était dans sa cuisine. Elle n'a pas pu m'entendre. Dan Gao balaie l'air de sa main en me tendant le paquet.

— Oh, Lao Hu n'a pas arrêté d'en parler. Il faut croire qu'il n'est pas le seul à avoir peur de te voir sombrer dans les eaux glacées du Rhin, fait-elle en me décochant un clin d'œil.

Je cherche à capter le regard de Lao Hu, mais il paraît si captivé par le nettoyage de sa vitrine qu'il a sûrement oublié ma présence.

— Merci, Dan Gao. Passe une bonne journée.

— Toi aussi, Sélina. Toi aussi.

Par chance, le soleil nous accompagne sur la route. Nous nous arrêtons à mi-chemin pour nous ravitailler, même si la petite ville de Marckolsheim n'est distante que d'une trentaine de kilomètres de la mienne. Alors que je viens de finir ma salade, Matthias lève la main pour attirer l'attention d'un serveur.

— L'addition, s'il vous plaît.

Je n'arrive pas à masquer mon étonnement.

— On va prendre la suite ailleurs ?

— La suite ? Tu veux dire le dessert ?

Je me retiens de soupirer.

— Je pensais qu'on avait seulement mangé l'entrée.

Croyant à une blague, il s'esclaffe en tapant sur sa cuisse et moi, je ris aussi afin qu'il ne me prenne pas pour une morfale.

— C'était très bon et très nutritif. On y retournera, lance-t-il, sûr de lui, en m'ouvrant la portière de sa berline.

— Oui, très copieux, en effet.

Une chance que le ronronnement du moteur qui démarre soit suffisamment fort pour cacher les gargouillis de mon ventre…

Nous sommes en train de nous garer quand mon téléphone vibre pour m'annoncer l'arrivée simultanée de deux SMS. Sophie m'informe qu'elle est presque arrivée, et Lao Hu me demande si je suis toujours en vie. Mon cœur se met à battre plus vite. C'est sûrement l'agacement.

[Pourquoi ? Ça t'intéresse, maintenant ?]

[Je voulais juste savoir si la table que tu occupes d'habitude serait libre lundi, voilà tout.]

Pour le coup, sa réponse sent tellement la mauvaise foi qu'un sourire se dessine sur mes lèvres, si grand que j'ai mal à la mâchoire.

— Et voilà !

L'exclamation de Matthias me tire de ma rêverie. Je range mon téléphone et vais l'aider à sortir nos affaires du coffre. C'est bizarre, mais son sac est quatre fois plus grand que le mien. J'espère avoir pris tout ce qu'il me faut. En même temps, je porte déjà mon maillot de bain. J'ai juste ma serviette et des affaires de rechange dans mon sac à dos.

Je jette un coup d'œil nerveux autour de moi. Nous sommes sur une petite base nautique, si j'en crois les divers bâtiments proposant des canoës et autres activités de ce genre. Au loin, on aperçoit le Rhin. Dans un écrin de verdure, on trouve un lac aux eaux plus calmes que celles du grand fleuve. J'espère que c'est là que nous allons faire du ski, car je me méfie des courants fluviaux.

— On va d'abord se changer.

J'acquiesce et retiens une grimace en sentant l'air frisquet qui balaie mes cheveux.

Je suis prête bien avant lui. Toute seule dans mon bikini rose, adossée contre les cabines, je me sens mal à l'aise. Les bras croisés sur le torse pour masquer les effets du froid sur mon corps, je vois sortir un groupe d'hommes en combinaison de plongée. Ou presque, puisque leur tenue noire s'arrête un peu plus bas que les genoux. Tous me dévisagent comme si j'étais un concombre au Salon du barbecue. J'ai l'impression de ne pas être vraiment à ma place.

Après que je les ai fusillés des yeux, ils s'en vont en direction du lac. Je suis déjà gelée quand Matthias quitte enfin sa cabine et me couvre d'un regard à la fois charmé et circonspect. C'est malheureusement cette dernière tendance qui semble l'emporter. Mal à l'aise, je danse d'un pied sur l'autre sans trop savoir comment me sortir de cette situation.

— Tu es très jolie, Sélina. Et ton bikini est de ma couleur préférée, en plus. Mais tu n'étais pas obligée de faire ça. Vraiment.

Hein ?

— De faire quoi ?

— De te mettre en maillot de bain pour moi. Il n'y a aucun souci, tu peux mettre ta combinaison.

Ah, c'est donc ça. Je me rends compte que lui aussi porte un de ces déguisements de Batman qui s'arrêtent à mi-mollet.

— Euh, j'ai oublié ma tenue de Catwoman à la maison.

S'il se doute que je ne possède pas de combinaison, il saura que je lui ai raconté des salades dans le but de le séduire. C'est ce que je voudrais éviter. Si j'en crois son air perdu, il ne partage ni mon humour pourri, ni mes références cinématographiques. Un mauvais point pour lui.

— Euh, ça ira comme ça, je n'ai pas froid.

Comme si mon corps était essentiellement recouvert de couenne !

Nous nous dirigeons vers un ponton au bout duquel une dizaine de personnes attendent leur tour. Quand je vois l'une d'elles monter sur des skis nautiques et partir à toute vitesse, une goutte de sueur froide se forme dans ma nuque et coule le long de mon dos. Jamais je n'arriverai à tenir là-dessus !

Il est encore temps de faire marche arrière !

— Géant ! s'exclame Matthias.

— Oui, génial.

Je lui rends un sourire crispé. Il dépose un baiser sur mon front. C'est déjà mieux que la joue. Ce soir, ce sera peut-être sur mes lèvres.

Si je survis à cette folie !

Plus mon tour approche, plus mon stress augmente. Simple équation mathématique qui me met l'estomac à l'envers. Je suis tellement contractée que je pourrais me déchirer un muscle rien qu'en restant debout.

Trois rangées devant moi se trouve une fille débutante, si j'en crois la conversation qu'elle entretient avec son accompagnateur. Celui-ci lui donne de précieux conseils. Je les écoute jusqu'au dernier pour m'en inspirer, et examine minutieusement la position qu'elle adopte lorsqu'elle se pose sur ses skis. Elle ne tombe pas lorsque ça démarre. C'est plutôt bon signe. Si elle peut y arriver, alors moi aussi. J'ai réussi des exploits autrement plus compliqués que celui-ci.

Pourtant, quand vient mon tour, mes mains sont incroyablement moites, mon estomac fait le poirier et mes jambes tremblent comme celles d'une adolescente avant son premier baiser.

— Ça va aller ? Tu es un peu pâle.

Mince. J'avais complètement oublié la présence de Matthias.

— Oui, ne t'inquiète pas !

Je m'installe sur mes skis. Puis je vais sur l'eau. Ça tangue. Vraiment. Beaucoup. Ma jambe droite part à gauche, et la gauche cherche sa droite. Je manque de tomber, mais me rattrape à la dernière minute au poteau qui sert à amarrer les bateaux. Comme Matthias m'observe comme s'il m'était poussé une corne sur le front, je tente de le rassurer.

— Ça va, ne t'en fais pas. Je n'ai pas fait de ski nautique depuis un moment, même si j'adore ça. Par chance, c'est comme le vélo, ça ne s'oublie pas.

Le scepticisme se peint sur son visage bronzé.

— Prête ? s'enquiert-il en prenant place sur la moto aquatique.

Ave Matthias, morituri te salutant[1].

— Prête !

Oh, mon Dieu. Rien que le bruit du moteur me file une frousse d'enfer. Je me répète que je n'ai pas longtemps à tenir. Le parcours durera deux minutes à tout casser.

Le surfeur démarre si fort que mes bras partent en avant, mais pas mes jambes. Je ne sais pas quelle est la première partie de mon corps qui heurte la surface de l'eau. Ma tête, mon ventre ou mes pieds. Toujours est-il que je coule comme une pierre dans ce lac glacial, incapable de nager, jusqu'à ce que mon gilet de sauvetage me ramène à la surface comme une nouille trop cuite.

J'ai mal, je me sens humiliée comme jamais, et je n'ai tenu que deux secondes sur mes fichus skis, mais l'avantage, c'est que cette mascarade est finie.

Enveloppée dans un énorme drap de plage, je ressemble à un nem aussi congelé qu'endolori sous le regard incrédule de Matthias. Je soupire. Je lui dois une explication. Je me lance alors qu'il démarre la voiture en direction de l'hôpital.

— Je suis désolée. Je t'ai menti. Le seul sport aquatique que je pratique régulièrement, c'est la douche.

1. Expression latine que les gladiateurs prononçaient face à l'empereur avant de combattre. Ici : « Bonjour, Matthias, ceux qui vont mourir te saluent. »

— C'est ce que j'ai cru comprendre. Mais pourquoi m'avoir raconté n'importe quoi ? Tu te doutes bien que j'allais m'en rendre compte.

J'acquiesce. Lorsque je lève le bras pour remettre en place mes cheveux trempés, une vive douleur émane de mon épaule. C'est la raison pour laquelle nous avons emprunté la direction des urgences.

— J'ai cru que sans ça, je n'arriverais pas à te séduire.

— Ben, c'est le cas. Je cherche une nana avec qui partager ma passion. J'imagine qu'il en va de même pour toi. D'autant plus que tu as dû t'ennuyer à mes côtés.

Je me sens horriblement piteuse. Nous conservons un silence gêné jusqu'à l'hôpital, où le surfeur m'accompagne jusqu'au guichet. Nous nous séparons lorsque je suis prise en charge. Je ne serais pas étonnée qu'il ne souhaite pas me revoir.

Après un temps interminable passé dans une pièce aux murs verts en compagnie de gens qui toussent, on m'emmène passer une radiographie. Enfin, je peux rencontrer un médecin. C'est une femme d'un certain âge au sourire aussi avenant que fatigué.

— Un peu plus, et vous étiez bonne pour une luxation. Ce qui vous aurait valu une longue immobilisation du bras, et tous les soucis qui vont avec. Comment vous êtes-vous fait cette blessure ?

Je secoue la tête, désabusée.

— Je me suis fait passer pour celle que je ne suis pas.

Je me mords l'intérieur des joues. Elle va sûrement chercher le rapport entre ma légère blessure à l'épaule et ce que je viens de lui dire. Si elle ne demande pas mon internement dans l'aile psychiatrique, ce sera un miracle.

Au lieu de ça, cette femme éreintée par une vie passée au service d'autrui se penche en avant, les coudes sur son bureau.

— Je ne sais pas pourquoi ni pour qui vous avez essayé de vous mettre dans la peau d'une autre, mais sachez que c'est dans la vôtre que vous vous sentirez le mieux. Pas forcément tout de suite, mais une fois que vous vous serez libérée du poids du regard des autres, et surtout de votre propre jugement. Soyez vous-même, peu importe le reste.

— Comment faire si personne ne m'aime telle que je suis ?

C'est sorti tout seul. Je n'avais pas prévu de déballer ça comme ça. Mais maintenant que c'est dit, ça fait du bien. Aussi loin que je m'en souvienne, je me suis toujours fait passer pour ce que je ne suis pas. Gamine, j'essayais toujours d'imiter ma sœur parce que je pensais qu'elle était la préférée de ma mère. Je me suis pliée en quatre, j'ai abandonné ma personnalité pétillante pour plaire à Jérôme. Ça ne l'a jamais empêché de me quitter. J'ai postulé chez Matuvu sitôt après l'obtention de mon diplôme, même si le poste ne correspondait en rien à mes rêves, rien que pour montrer à ma famille que je ne m'étais pas trompée en choisissant une carrière mêlant art et marketing. Il a fallu que je m'en éloigne après ma bévue avec la climatisation pour comprendre à quel point je m'ennuyais dans ce travail.

— Commencez par redevenir vous-même. Lorsque vous y serez arrivée, l'approbation des autres sera le cadet de vos soucis.

Ses mots me remplissent d'espoir.

— Merci.

— C'est normal. Je vous prescris du paracétamol et un arrêt de travail de deux jours. Vous verrez, vous serez bientôt entièrement remise et surtout, prête à conquérir votre nouvelle liberté.

Je saisis mon ordonnance et me lève afin d'avoir le dernier bus pour ma petite ville. Je n'ai pas voulu déranger Sophie dans son week-end en amoureux, et je suis à peu près certaine que le surfeur aura filé comme un voleur. Je ne peux même pas lui en vouloir.

— Ah, avant de partir, passez par la salle d'attente. Quelqu'un est là pour vous.

Je fronce les sourcils, étonnée. Je suis surprise que Matthias soit resté. Mais je reste bouche bée en atteignant la pièce indiquée. Le plus adorable des patrons de bar à chats – d'accord, je n'en connais pas beaucoup – se tient tranquillement assis sur une chaise. Même là, en plein centre d'une pièce aux murs d'un vert hideux, au milieu de gens qui toussent, qui pestent ou qui râlent, il exerce son charme magnétique.

— Lao Hu ?

Lorsqu'il m'entend, son visage se fend d'un sourire en coin. Il se lève pour venir vers moi de sa démarche élégante et féline.

— Qu'est-ce que tu fais là ?

Je l'inspecte sans la moindre discrétion en quête d'une blessure. J'espère qu'il ne souffre pas trop. Son rire résonne dans le couloir.

— C'est ta façon de me remercier d'être venu te chercher ?

Pour le coup, j'ai du mal à comprendre. J'étais loin du compte !

— Je… euh… mais…

Il se marre.

— Sophie m'a dit que tu t'étais fait mal à l'épaule. J'ignorais qu'en plus tu t'étais cogné la tête.

D'un geste affectueux, il ébouriffe mes cheveux encore un peu mouillés.

— Sophie ? Mais, je ne l'ai pas prévenue ! Comment est-ce qu'elle a su ?

— Craignant que tu ne puisses pas conduire à cause de tes blessures, l'infirmière qui t'a accueillie à ton arrivée a joint Sophie, car c'est elle que tu avais enregistrée comme contact d'urgence. Puis Sophie m'a appelé dans la foulée.

— Elle t'a demandé de venir me chercher ?

— Plus exactement, elle a dit : si tu ne récupères pas ma meilleure pote tout de suite, je te fais bouffer des croquettes pour chats pendant une semaine.

J'éclate d'un rire libérateur.

— Je reconnais bien là mon amie. Je suis désolée, Lao Hu. Il ne fallait pas te donner cette peine. J'aurais pu rentrer en bus.

— Je le sais. Mais je serais venu même sans la menace de Sophie.

— Pourquoi ? ne puis-je m'empêcher de demander.

— A-t-on réellement besoin d'une raison pour venir en aide à quelqu'un à qui l'on tient ?

Ses mots me touchent et m'apaisent en profondeur. Je ne suis pas idiote, Lao Hu n'a jamais parlé d'amour ni même d'attirance. Mais il est l'une des rares personnes à me voir telle que je suis, sans fard, et malgré tout il tient à moi.

— Allez, viens avec moi avant qu'on ne finisse par ramasser tous les microbes présents dans cet hôpital.

Sa main se loge naturellement au creux de mes reins pour m'aider à avancer, propageant une chaleur bienfaisante dans l'ensemble de mon dos.

— Je t'offre un dernier thé ?

Même si je suis fatiguée, son invitation est plus que tentante.

— Avec plaisir.

Un grognement de douleur m'échappe quand j'ouvre la portière avec mon bras blessé. En un instant, Lao Hu se précipite à mon secours. Lorsqu'il m'ouvre les portes de son bar à chats, j'ai l'impression que cette ouverture n'est pas que matérielle. C'est un ami qui m'ouvre les bras.

— Arc-en-ciel ?

Ce thé au nom onirique est un mélange de sept grands crus. Comme lui, je commence à me passionner pour ce breuvage. Alors qu'il se rend derrière le comptoir pour préparer nos boissons, j'ai le loisir de choisir ma place. Je ne prends pas celle que j'occupe habituellement, qui est plus pratique pour travailler avec sa chaise droite et sa large table qui me permet d'éparpiller mes affaires. Je jette mon dévolu sur le fauteuil en forme de croissant de lune qui m'a toujours paru si confortable. Je me libère de mes chaussures et m'assieds en tailleur sur cette assise si moelleuse qui m'arrache un gémissement de plaisir.

Lao Hu me sourit en revenant et me tend mon thé. Le liquide sucré me réchauffe instantanément. Je ferme les yeux de délectation sans me soucier de ce que pourrait penser le patron. En les rouvrant, je crois apercevoir quelque chose de positif dans les siens, alors qu'avec mes cheveux emmêlés et ma tête de déterrée je pourrais jouer dans un film de zombies. Je me suis vue dans le miroir en entrant ici. Mon maquillage n'avait de waterproof que son étiquette. Aussi, je me détourne pour cacher ma figure, faisant semblant d'être absorbée par Mixo, un chat tigré qui somnole non loin de nous.

— Tu es belle.

Je ricane, incrédule.

— Tu n'es pas obligé de me remonter le moral, tu sais ? Je ne ressemble à rien, ce soir.

— Alors ce rien est un tout pour moi, parce que je ne t'ai jamais trouvée aussi jolie que ce soir.

Cette fois, je le regarde lui plutôt que le chat.

— Et tu sais pourquoi ? Parce que ce soir, tu ne te caches pas derrière ton écran, derrière tes habitudes, derrière un personnage que tu n'es pas. Ce soir, tu as traversé la froideur des désillusions, et tu as survécu. Tu as fait tomber le masque et tu t'en es sortie grandie. Ce soir, tu es toi. Toi avec tes erreurs, tes failles, ta force et ta réussite. Et rien n'est plus beau que la vérité.

— Merci, Lao Hu.

Je prends ses mots pour ce qu'ils sont. Pas les compliments d'un homme qui drague une femme, mais les paroles sincères et bienveillantes d'un ami qui vous voit sans fard.

Alors que je suis en train de vider ma tasse, Mixo se réveille et s'étire. La lumière cosy du café ne permet pas de masquer ses cicatrices. Ses poils manquent par endroits, laissant des trous de chair rose dans son pelage irrégulier. La première fois que je l'ai vu, je l'ai trouvé affreux. Ce soir, je le perçois comme un être exceptionnel, doté d'une beauté qui lui est propre. Je me lève et, munie de mon téléphone, je m'avance lentement vers lui pour ne pas l'effrayer. Je m'agenouille non loin de lui, ce qui déclenche un ronronnement sonore qui me va droit au cœur. Ses billes jaunes de chat semblent avoir déjà tout vu, tout compris. Elles m'observent avec un contentement et une zénitude que je leur envie. Sophie a raison. Les meilleurs thérapeutes ont de la fourrure et des griffes à chacune de leurs quatre pattes. Je brandis mon téléphone et capture la splendeur unique de cet animal abîmé, sans rien cacher de ses défauts qui contrastent avec la lumière intimiste.

En revenant à ma place, je montre la photo à Lao Hu comme on présente un trophée. Au sourire satisfait qui illumine son visage, je sais qu'elle est à son goût.

— Je t'ai détestée la première fois que tu avais pris Mixo en photo. Est-ce que tu sais pourquoi ?

— Je me suis débrouillée pour cacher ses marques. Je pensais qu'elles refroidiraient tes clients. Je sais maintenant que c'est tout le contraire.

Il hoche la tête.

— Manolo, l'homme qui s'occupait de Mixo, était peintre en bâtiment. Ils étaient très liés l'un à l'autre, au point que Mixo le suivait partout, jusqu'à son lieu de travail. Un jour, alors qu'il se rendait dans un entrepôt pour acheter de quoi repeindre une maison, Mixo est tombé dans un pot de dissolvant qu'un employé négligent avait laissé ouvert. Le produit était si toxique que son humain s'est empressé de le sortir de là. Manolo a pris le risque de perdre ses mains, mais il a sauvé la vie de son ami à fourrure. L'homme est mort d'un cancer un an plus tard. C'est Mixo qui lui a tenu compagnie pendant ses derniers mois. Ces trous que tu vois, c'est le souvenir d'une merveilleuse amitié entre un humain et un chat.

Émue, je ne trouve rien à ajouter à cette histoire émouvante. Je me tourne une dernière fois vers l'animal qui s'est endormi paisiblement et qui, sans le savoir, me donne une leçon. C'est dans nos failles, dans nos faiblesses, dans cette infinité de petites ou de grandes choses que nous percevons comme des défauts que se trouve notre beauté la plus profonde. Je retire un enseignement profond de cette journée riche en émotions.

Chapitre 10

Quand je joue avec mon chat,
qui sait s'il ne s'amuse pas plus de moi
que je le fais de lui.

Michel de Montaigne

Samedi matin. Que du bonheur. Alors qu'avant je détestais les week-ends, j'apprends à apprécier le temps passé à ne rien faire. Et c'est exactement ce que je compte faire aujourd'hui. Rien. Mais alors rien du tout.

La sonnette qui retentit me tire de mon lit. Je me précipite sur mon téléphone et consulte mon agenda, juste au cas où j'aurais oublié un rendez-vous avec ma sœur. Ces derniers temps, elle me mène la vie dure en me demandant sans cesse de l'aider à accomplir ses préparatifs de mariage. Mais non, je n'ai rien de prévu, ni avec elle ni avec personne. Aurais-je oublié de le noter ?

Dring !

Je quitte le refuge douillet de ma couette, enfile ma robe de chambre et descends les escaliers en courant. Si on ne peut même plus être tranquille chez soi !

Mais quand j'ouvre la porte, ce n'est pas ma sœur qui se trouve sur mon paillasson, mais Lao Hu. Ce dernier examine mes cheveux en bataille, mon visage qui porte encore les stigmates du sommeil, pour finir par s'arrêter sur ma robe de chambre bleu ciel à l'effigie d'un Pokémon du nom de Carapuce.

— Pour ma défense, c'est un cadeau de Sophie. Ça a une énorme valeur sentimentale.

— J'ai besoin de toi.

J'ai besoin de toi.

Sa réponse ne colle pas avec celle que j'attendais. Un peu sonnée, je scrute ce bel homme, dont les cheveux noirs dansent sous la brise matinale. Mon palpitant percute sur le sens de ses mots et s'élance dans une course folle.

— Besoin de moi ? répété-je en me désignant du bout de l'index.

Qu'est-ce que je fais s'il essaie de m'embrasser ? Je suis prête à parier que je ne le repousserais pas. Comme il ne bouge pas, j'ébauche un pas vers lui, la tête penchée sur le côté.

— J'ai besoin de toi pour aller au refuge.

Je fronce les sourcils.

— Au refuge ? Mais, de quoi tu parles ?

— Tu sais bien que je suis membre d'une association de défense des animaux. Je dois m'occuper de la préparation d'une fête pour réunir des fonds pour soigner nos poilus.

J'espère que la déception n'est pas trop visible sur mes traits.

— C'est franchement sympa de ta part, mais je ne vois pas en quoi cela me concerne. Encore moins un samedi matin.

— Tout d'abord, je suis désolé de t'avoir tirée du lit. Vu que tu te réveilles toujours aux aurores, je pensais que tu serais debout.

Ça se tient.

— Dan Gao devait m'accompagner, mais elle est malade.

Je le crois. Déjà hier, elle n'avait pas l'air dans son assiette. Elle a dû rentrer chez elle en début d'après-midi.

— Alors, je me suis dit que tu pourrais venir me prêter main-forte au refuge.

J'aurais été tentée de lui rire au nez sans ce sourire charmeur qu'il me sert. Il est beau, il est charismatique, et il n'hésite jamais à s'en servir pour parvenir à ses fins, si honorables soient-elles. Mais je refuse de me laisser berner.

— Ton amie n'est pas là ? Tu sais, celle qui a passé le week-end dernier avec toi.

— Erenn ? Non, elle est rentrée chez elle, en Irlande.

Je me retiens de ronronner de bonheur.

— Oh, l'Irlande ? Ça fait loin ! Tu la connais depuis longtemps ?

Il me dédie un sourire en coin. Je sens qu'il a deviné ma jalousie, mais pas question de l'admettre frontalement.

— Oui, plutôt. C'est un peu comme une petite sœur pour moi.

Je soupire intérieurement de soulagement.

— En tout cas, pour ce qui est d'aller au refuge avec toi, ça aurait été avec plaisir, mais…

— J'ai préparé des brownies, me coupe-t-il.

— Tu crois vraiment pouvoir m'avoir avec du chocolat ?… Vendu ! Laisse-moi juste le temps de me changer, d'accord ?

Il acquiesce, sourire de conquérant aux lèvres. J'hésite à le laisser planté sur mon paillasson pendant que je me prépare. Je me ravise à la dernière minute. Je suis une sauvage, mais pas à ce point.

— Entre. J'en ai pour cinq minutes.

Je suis un peu nerveuse lorsqu'il me suit à l'intérieur. En visitant la maison d'une personne, on peut deviner beaucoup de choses sur elle. J'espère juste qu'il ne pensera pas que la chaussette sale qui traîne sur le canapé m'appartient. Je note dans un coin de mon esprit qu'il faudra que j'en parle à Sophie. Son bazar ne peut plus durer.

Vingt minutes plus tard, je redescends au salon, où je ne vois aucune trace de l'homme aux chats. Je le retrouve dans le couloir, en train de scruter les cadres accrochés aux murs. Ces photos, je les avais prises au cours de mes voyages l'année suivant le bac. Certaines, notamment celle de deux enfants en haillons qui essaient d'ouvrir une noix de coco à la machette, ont été prises à l'autre bout du monde. D'autres, en revanche, comme celle du ciel étoilé du Champ du Feu vosgien, ont été capturées en Alsace. Toutes témoignent de ma passion pour la photographie et de mon désir de montrer à la planète entière la beauté du monde. Le cœur battant, j'attends sa réaction.

— Tu es franchement douée, mais j'imagine qu'on te le dit souvent.

Je me borne à sourire avec politesse, ne laissant rien paraître de mon état émotionnel.

— On y va ?

La conduite de Lao Hu est semblable au reste de sa personne : rassurante, douce et agréable, avec une pointe

de mystère puisqu'il refuse de me communiquer où l'on va. Seule la musique qu'il a choisie m'étonne.

— *Le Sacre du printemps*, de Stravinski. Excellent choix.

Il se tourne vers moi, de toute évidence étonné.

— Tu connais ?

— Oui, mon père adorait la musique classique. Et toi, d'où te vient ce goût pour le moins atypique ?

Son visage paisible s'assombrit.

— Comme toi, plus ou moins.

Il n'ajoute rien, me donnant l'impression d'avoir touché à un point sensible. Je devrais m'arrêter. Or, je poursuis.

— Et cette Erenn, c'est une ballerine ?

Calme-toi, Sélina. Il t'a dit que c'était comme une petite sœur pour lui. Ses traits se décrispent quelque peu.

— Oui. Elle te l'a dit ?

— Non, non. Nous n'avons pas du tout parlé ensemble.

— Comment l'as-tu su, dans ce cas ?

— À sa démarche gracieuse.

Un peu comme lui, mais ça, je ne vais pas le lui dire. Néanmoins, ses iris noirs pétillent d'amusement.

— Ah oui ? Et tu as remarqué ça ? C'est curieux que tu t'intéresses comme ça à elle.

— Je ne sais pas grand-chose de toi, en fait. Donc je prends chaque élément qui t'entoure pour essayer de mieux te comprendre.

Son damné sourire s'élargit un peu plus, comme s'il trouvait cette situation divertissante. Moi, je ronge mon frein en silence et lui, il n'ajoute plus un mot.

— Voilà, nous y sommes.

Je ne sais pas à quoi je m'attendais exactement. Peut-être à un genre de hangar égaré dans une zone industrielle, mais certainement pas à une vieille ferme alsacienne dont l'une des granges a été reconvertie en refuge. À peine nous sommes-nous extraits de la voiture qu'un couple de sexagénaires sort de la maison à colombages, accompagnés de deux chats qui, comme eux, s'arrêtent sur le perron. Les mines avenantes des propriétaires me mettent tout de suite à l'aise.

— Sélina, je te présente Jean et Margot. Ils prêtent gracieusement une de leurs granges à notre association. C'est à eux qu'on doit la survie de nos amis poilus.

Je les salue d'un sourire sincère.

— Viens, je vais te montrer tout ça. Mais d'abord, il faut qu'on décharge la voiture.

— On va vous aider.

Portant un énorme sac de litière à bout de bras, je suis nos hôtes en direction de la grange. La première chose que je remarque lorsqu'ils ouvrent la large porte en bois, c'est l'odeur de croquettes qui me prend à la gorge, si intense qu'il me faut un temps d'adaptation avant de parvenir à respirer correctement. Le bruit aussi est surprenant. Si de l'extérieur, je n'entendais strictement rien, à l'intérieur c'est une autre histoire. Sitôt notre présence repérée, les chats miaulent en quête de nourriture ou de tout autre chose. Certains s'agitent et ne tiennent plus en place. Mon regard passe sans cesse d'un box à l'autre dans cette étable reconvertie en chatterie. Quelques chats sont isolés dans des box individuels, d'autres logent en groupe, mais tous semblent habités de cette même urgence en nous voyant.

Une fois la voiture déchargée, les propriétaires nous abandonnent pour aller s'occuper de leurs tâches respectives.

— Il y a combien de chats ici ?

— Ils sont une quarantaine. On ne peut pas en prendre plus, malheureusement. Ils sont déjà largement en surnombre par rapport à la place dont on dispose, avec tous les problèmes que ça engendre.

Je les comprends. En tant qu'humaine, je déteste la promiscuité. J'imagine que c'est pareil pour les autres bêtes.

— Tu es prête à m'aider ?

Deux minutes plus tard, me voilà en train de nettoyer les litières, armée d'une petite pelle pour fouiller le sable.

— Ça va, tu tiens le coup ?

— J'ai toujours voulu devenir archéologue, alors oui, je tiens le coup.

Ma plaisanterie lui arrache un petit rire qui fait courir un frisson sur ma peau.

— Tu changes.

— C'est un reproche ?

— Non. Tu deviens de plus en plus drôle. Et moins amère. C'est agréable.

Je souris. C'est aussi ce que m'a dit Sophie.

— C'est l'effet *La Souplesse du Chat*.

— On apprend beaucoup de choses à côté des félins. Tout ce que je sais, c'est eux qui me l'ont appris.

— Vraiment ?

— Oui. Tu serais étonnée de découvrir tout ce qu'une cohabitation avec un chat nous apporte.

Il se redresse pour m'adresser un clin d'œil complice. Je réalise alors ce qu'il a derrière la tête.

— Toi, je te vois venir à des kilomètres. Tu m'as amenée ici pour que j'adopte un chat, d'où ton discours.

Il affiche un air innocent qui pourrait me faire mourir de rire si je n'avais pas l'impression d'être manipulée.

— Même si je serais ravi que l'un de nos protégés vienne vivre chez toi, je ne forcerai jamais la main de personne pour une adoption. Quand on adopte un animal, on s'engage pour la vie. On devient son roc, son ami, l'humain sur qui il peut compter. Et ce, aussi longtemps qu'il vivra. Tu comprendras que je ne te pousse aucunement à prendre cette décision sur un coup de tête. Les abandons, je connais. Et crois-moi, les animaux ne pleurent pas comme le ferait un humain, mais leur cœur se brise exactement de la même manière. Toi comme mes pensionnaires, je vous respecte trop pour vous infliger ça.

Je souffle un merci, touchée par ses mots. Son honnêteté me rassure.

— J'en ai fini avec les litières.

Il m'invite à me laver les mains dans un lavabo. Le savon est si puissant que j'ai l'impression que ma peau va se mettre à brûler d'un instant à l'autre. Après cela, je distribue les croquettes selon ses instructions tandis qu'il s'occupe de remplir la paperasse un peu plus loin. Je manque de tomber plusieurs fois avec les chats qui se frottent à mes mollets, mais j'avoue que je m'amuse.

— Et maintenant ?

— Maintenant, on va passer à la partie que je préfère. Mais tu n'es aucunement obligée d'y participer.

Ses mots m'intriguent et me donnent au contraire envie de me joindre à lui.

— Comment ça ? On va dompter des tigres ?

Son sourire me fait frémir.

— Tu sais que mon nom signifie « tigre » en chinois ?

Il enchaîne avec la suite sans me laisser le temps de l'interroger, se plaçant devant l'entrée d'un box encore fermé.

— Est-ce que tu sais ce qui manque le plus à la plupart de nos protégés ?

— L'eau ? Les croquettes ? Une litière propre ?

— Les besoins vitaux comptent énormément, bien sûr. S'ils ne sont pas pourvus, nos fonctions vitales sont défaillantes et la seule issue est la mort. Mais ce n'est pas ça qui crée cette sensation de manque qui est, à mon sens, tout aussi douloureuse que la faim et la soif les plus intenses. Regarde.

Il se penche et appuie sa main contre le grillage. Aussitôt, une boule de poils blanche vient le renifler puis se blottir contre sa paume.

— L'amour. Pour eux comme pour nous, son absence est aussi mortelle que la pire des carences alimentaires.

Il se redresse avec agilité pour ouvrir le portail, après quoi il se baisse pour prendre l'animal dans ses bras. Le poilu se presse contre lui, frottant sa tête contre le cou de Lao Hu. Émue sans que je puisse me l'expliquer, je les observe se réconforter l'un l'autre, chat contre tigre, tigre contre chat. Deux félins esseulés que l'affection mutuelle réunit.

Autour de nous, les autres pensionnaires réclament eux aussi de l'attention. J'hésite quelques instants, les yeux fixés sur les deux billes vertes d'un chat noir comme la nuit. Les doigts me démangent d'envie de se perdre dans son pelage de jais.

— Tout va bien, Sélina ?

— Oui. J'aimerais bien le câliner, lui.

— Qu'est-ce qui te retient ?

Je quitte l'animal du regard pour me tourner vers Lao Hu, qui a laissé le premier chat au profit d'un autre.

— J'ai peur qu'il ne veuille pas de moi. Ou de m'attacher à lui alors qu'il pourrait déjà être réservé à un autre humain.

Lao Hu acquiesce sans cesser de caresser son animal.

— Ce sont des peurs légitimes.

Je le sais. Elles font appel à un puissant sentiment de rejet que je nourris depuis l'enfance. Une tare contre laquelle je ne parviens pas à lutter. Je me sens ridicule. C'est juste un chat. Juste une caresse. Et pourtant, je me sens bouleversée.

— Les risques font partie de la vie, Sélina. Parfois, tu peux décider de les prendre ou pas. Toi seule peux faire ce choix.

Je hoche la tête.

— Est-ce que je peux faire autre chose d'utile ?

— Bien sûr. Va voir les propriétaires et dis-leur que tu as fini avec les chats. Ils te donneront d'autres tâches.

Je quitte la grange avec une désagréable sensation d'échec. Je n'aime pas m'avouer vaincue, et admettre que le simple regard d'un chat a réussi à m'ébranler me fait me sentir comme la dernière des imbéciles. En colère contre moi-même, je peine à retenir les larmes de frustration qui perlent au coin de mes yeux.

— Tout va bien ?

Je sursaute en entendant la voix de Margot, la fermière. J'essuie l'humidité sur mes joues avant de lui offrir mon sourire le plus faux. Un sourire bienveillant se dessine sur ses lèvres rouges.

— Oui. J'ai… j'ai juste été bouleversée. Les chats… Je suis venue pour accompagner Lao Hu. J'ai été surprise de ce que j'ai trouvé ici, voilà tout.

Je revois encore la détresse émotionnelle dans les billes des félins.

— La plupart de nos visiteurs viennent dans cette ferme en quête d'une chose. Ils ont une idée précise de ce qu'ils espèrent trouver ici. Le plus souvent, ce qu'ils perçoivent ne correspond pas à ce qu'ils imaginaient. Mais on ne repart jamais perdant de La ferme aux chats.

Moi, j'ai trouvé un écho de mes souffrances passées, si puissant qu'il résonne en moi de manière assourdissante.

— Vous venez m'aider en cuisine ? J'ai besoin d'un coup de main.

J'accueille sa proposition avec gratitude. J'ai besoin de m'aérer l'esprit. Je la suis dans sa maison, jusqu'à sa cuisine. Elle est faite de vieux meubles qui ont du caractère. Tout le contraire de là où j'ai grandi. Margot se baisse pour ramasser un énorme cageot de pommes.

— Voilà. Est-ce que vous pouvez éplucher et couper tout ça ?

Il y en a au moins dix kilos. Je me saisis du couteau qu'elle me tend et relève le défi avec plaisir.

— Vous avez prévu de faire de la compote pour un régiment ?

Son rire chaleureux se répercute dans les murs.

— Non. On va faire des tartes pour la kermesse de cet après-midi.

— Quelle kermesse ?

— Lao Hu ne vous a rien dit ?

Je sens mes pommettes se colorer de rouge.

— Euh, je ne sais pas. J'étais trop fatiguée quand il est venu me chercher ce matin.

Elle s'esclaffe de plus belle et m'explique en quoi consiste l'événement. Il s'agit d'une petite fête destinée principalement aux enfants. Le but est de récolter des dons pour payer les croquettes, la litière et les soins vétérinaires et avec de la chance, réussir une ou deux adoptions.

— C'est tout ce que je vous souhaite.

— Merci. C'est aussi ce que nous voulons. Chaque semaine, nous recevons des demandes de placement pour d'autres animaux. Le plus souvent, nous sommes obligés de les refuser, faute de place.

— Qu'est-ce qui se passe, dans ce genre de cas ?

— Dans le meilleur des cas, il trouve un foyer aimant. Le plus souvent, il aura une place dans un autre refuge. Mais il arrive que certains finissent euthanasiés.

La tristesse trace un voile sur ses iris bleus.

— C'est qu'on s'attache à ces petites bêtes, souffle-t-elle.

— Je comprends. Vous les côtoyez tous les jours. Vous arrivez à gérer, quand elles partent dans une nouvelle famille ?

Elle me dédie un sourire désarmant.

— Elles me manquent, c'est sûr. Mais je suis heureuse pour elles et je bénis chaque instant passé à leurs côtés.

Ses mots font leur chemin dans mon cœur.

Alors que je viens de finir de couper les pommes, des coups de klaxon attirent notre attention.

— Les autres bénévoles sont sûrement arrivés. Je vous les présente ?

Quelques minutes plus tard, me voilà en train de dresser des chapiteaux avec une quinzaine d'inconnus. Leur bonne humeur me contamine, je me sens plus légère.

Lao Hu me rejoint après avoir salué ceux qu'il semble considérer comme ses amis. Nous montons des tables et des bancs, puis nous passons à l'étape suivante. Je suis déjà éreintée, mais ravie de participer à la préparation de leur fête.

— Tu occuperas quel stand ? me demande Amina, une étudiante en formation pour devenir vétérinaire.

— Euh, je ne sais pas. Je n'avais pas vraiment prévu d'être là.

— Tu peux venir avec moi, propose un type baraqué. Je crois qu'il s'appelle Marc.

— Si tu tiens la buvette, je suis partante, plaisanté-je.

— Non. Moi, c'est la sculpture sur bois.

Je secoue la tête.

— Non, je suis trop maladroite. Je serais encore capable de te sectionner un doigt.

— Dans ce cas, va ailleurs, j'ai besoin de tous mes membres, blague-t-il en riant.

— Sinon, tu peux simplement te mettre avec moi, propose Lao Hu.

Je lui tire la langue, amusée.

— Qu'est-ce que tu fais ? Tu donnes des principes philosophiques en échange d'une poignée de croquettes ?

Il ricane et ma peau s'électrise à ce son délicieux.

— Non. Je m'occupe du chamboule-tout.

Je ris à mon tour.

— Ça ne m'étonne pas, en fait.

— Pourquoi ?

— Parce que ça te correspond bien. Tu renverses les certitudes.

Il me rend mon sourire.

— Alors, viens les renverser avec moi.

Mon cœur rate un battement.

Calme-toi, me souffle ma conscience. *C'est juste une invitation à empiler des boîtes de conserve pour que des gamins aux mains poisseuses leur jettent des balles dessus.*

— Allez, ce sera amusant.

Pour le coup, je m'esclaffe.

— Amusant ?

Je peine à faire coïncider une kermesse, quelle qu'elle soit, avec le divertissement. Peut-être parce que je détestais celle de mon école, quand j'étais petite. J'associe ça à des jeux idiots et à des tombolas pourries.

— On va passer un accord. Si tu t'ennuies tout le long de l'événement, je te dois un repas. Et si tu t'amuses, c'est toi qui passes aux fourneaux.

L'idée de cuisiner pour lui me rend nerveuse. Mais je suis sûre de ne rien trouver de plaisant dans son stand.

— Vendu, lancé-je en lui tendant la main.

Et toujours ces frissons de plaisir qui se promènent sur mon épiderme chaque fois que nous entrons en contact.

Quatre heures plus tard, je lutte pour ne pas rire devant le gamin édenté qui, pour la septième fois, lance sa balle à côté. Lorsque au bout de la onzième tentative il fait trembler l'une des boîtes de conserve que j'ai empilées, je me joins aux parents en tapant dans mes mains pour encourager le marmot.

— Bravo, Lucas ! le félicité-je en lui tendant son gain.

Je le regarde partir en me mordant les lèvres pour réprimer un sourire. Lao Hu profite de l'accalmie pour se baisser et murmurer à mon oreille :

— J'en connais une qui me doit un repas.

Je feins l'étonnement avec brio.

— Qui ça ? Je demande, au cas où elle voudrait m'inviter aussi.

Ses iris noirs pétillent de malice. C'est dingue ce que ça le rend craquant.

— Je commence à te connaître, Sélina. Tu aimes avoir l'air sérieuse, parce que tu penses que ça te rend plus crédible. Tu prétends que ces gamineries t'ennuient, de peur de passer pour quelqu'un d'inconséquent. Mais derrière ton masque qui se fendille, je perçois quelque chose.

Je croise les bras sur ma poitrine, le toisant de toute mon indifférence.

— Ah bon ? Et qu'est-ce que tu perçois, à part une femme suffisamment serviable pour venir amasser des canettes et des boîtes vides pour que des gamins les renversent.

— Je vois une femme qui aurait adoré être à la place de ces enfants. Et qui aujourd'hui est secrètement ravie de pouvoir partager cet instant précieux avec eux.

Je lui sers mon expression la plus incrédule et maintiens son regard sans flancher.

— Anna, Abel, vous pouvez nous remplacer dix minutes ?

Les deux intéressés, des bénévoles qui prenaient leur pause depuis un quart d'heure au coin buvette, viennent à notre rencontre. Je suis à la fois désolée d'avoir écourté leur moment de détente et curieuse de découvrir ce que me réserve Lao Hu. Après avoir remercié ses amis, il me prend par la main et m'entraîne en direction de la grange. Elle a été ouverte pour l'occasion afin que les visiteurs puissent découvrir les pensionnaires et partir éventuellement avec une promesse d'adoption pour l'un d'eux. À l'instant où nous nous y rendons, il n'y a personne en dehors d'Alisha, la bénévole en charge de l'accueil de la chatterie. Lao Hu m'invite à entrer dans un enclos dans lequel patientent une dizaine de chats. Puis il cache sa main dans sa poche avant de ressortir son poing fermé.

— Qu'est-ce que tu fais ?

— Tends ta paume.

Je m'exécute, curieuse. Nos regards se croisent alors qu'il dépose l'une des balles rebondissantes du stand entre mes mains.

— Tout ça pour ça ? maugréé-je, déçue.

— Lance-la par terre. Fais-moi confiance.

Comment ne pas se laisser convaincre par son timbre envoûtant et par sa voix qui m'enveloppe comme une caresse de velours.

— Si tu y tiens…

J'envoie la balle contre un mur. Elle ricoche, tape sur le sol et rebondit encore. C'est alors que tous les chats bondissent d'un mouvement commun avant de se mettre à sauter dans tous les sens, dans un chaos joyeux qui me fait éclater de rire. Je rattrape la balle et la relance encore, jusqu'à ce que les félins soient trop fatigués pour jouer. Lorsque, essoufflée, je me tourne vers Lao Hu, mon sourire est si large que j'ai mal à la mâchoire.

— Ces chats m'ont eue. Ils n'ont que faire de leur image sociale, ne cultivent aucun faux-semblant. Ils s'amusent, et moi aussi. Je dépose les armes. Tu as gagné.

Il franchit le faible espace qui nous sépare, ses lèvres à quelques centimètres des miennes. Mon palpitant s'élance dans une course folle.

— Ils sont là, les chats à adopter, maman ?

Nous nous écartons vivement l'un de l'autre après qu'une famille a fait son entrée dans la grange.

— Viens, on y retourne. Les autres doivent nous attendre.

Quelque chose pétille dans son regard et je jurerais qu'il semble aussi perdu que moi lorsque nous retrouvons notre stand où les canettes ne sont pas les seules à se sentir chamboulées.

Le reste de la journée se déroule dans la bonne humeur, et je m'éclate, puisque je n'ai plus besoin de faire semblant d'être une « adulte respectable ». Au creux de mon ventre subsiste une pointe d'appréhension chaque fois que je croise le regard de Lao Hu. A-t-il voulu m'embrasser, ou bien est-ce que je me suis fait des idées ? Et pourquoi est-ce que cette perspective m'angoisse tant ?

La fête finie, j'aide les bénévoles à ranger et écoute le décompte final. Ils ont réuni de quoi nourrir les chats pendant trois mois. Ils ont également rencontré un vétérinaire susceptible de leur filer un coup de main pour leur éviter de se ruiner, et quatre chats ont trouvé preneur. Enfin, si les promesses d'adoption ne tombent pas à l'eau. Dans tous les cas, je partage leur bonheur.

— Tu reviendras ? s'enquiert Margot.

Je prends le temps de déterminer ce que je souhaite avant de répondre par l'affirmative.

— Oui, ne serait-ce qu'occasionnellement. J'ai vraiment passé un bon moment en votre compagnie.

— J'ai vu ça !

Je souris. Je n'ai plus rien à cacher. Alors que nous commençons à partir, je me retourne une dernière fois pour revenir vers Margot et les bénévoles retardataires.

— Euh, est-ce que l'association a un site web ?

— Non. Nous n'avons pas les moyens d'en faire un et aucun d'entre nous ne s'y connaît en informatique. Je l'admets, ça serait pratique d'en avoir un.

— Dans ce cas, je peux m'en occuper. J'ai pris quelques photos qui pourraient être utiles.

Je leur montre les images que j'ai capturées durant l'événement et reçois des encouragements qui me donnent envie de m'investir davantage.

— Tu es vraiment douée pour ça, commente Lao Hu, une fois confiné avec moi dans l'habitacle de sa voiture.

Ses mots me font plaisir, mais je préfère détourner le sujet.

— Parle-moi de l'association. Ça m'inspirera pour leur site.

Lorsqu'il évoque l'anecdote qui lui a permis de fonder ce groupe, je me rends compte qu'il est l'une de ces rares personnes que je pourrais écouter pendant des heures. Il a ce don incroyable de rendre captivants les moindres détails de la vie de tous les jours. Avec lui, le quotidien devient insolite. À moins que ce ne soit moi qui sois en train de changer, en train de devenir plus à l'écoute des autres. Sûrement un peu des deux.

Alors que nous ne sommes plus qu'à dix minutes de Werstheim, Lao Hu emprunte une autre route.

— Tu me kidnappes ?

— Est-ce que c'est nécessaire ?

Son irrésistible sourire m'envoie des papillons dans le ventre. Curieuse, je regarde le paysage nocturne en me demandant où il me conduit. Pas d'inquiétude, avec lui, je suis en confiance. Je suis simplement intriguée.

— Où est-ce qu'on va ? l'interrogé-je en notant que nous entrons dans un village voisin du nôtre d'une quinzaine de kilomètres.

— Tu m'emmènes manger.

Je ris.

— En quel honneur ?

— Ton pari perdu, tu t'en souviens ?

Si ce défi me permet de prolonger le temps passé avec lui, alors je me dis que parfois, perdre, c'est gagner.

Il se gare sur la place centrale avant de m'entraîner dans les petites ruelles bordées de maisons à colombages de cette bourgade alsacienne qui me donne l'impression de m'être égarée dans un univers fantastique.

— C'est joli, ici. Je ne connaissais pas.

Nous nous arrêtons au niveau d'un restaurant à la devanture extraordinaire. Des éléments qui me font immédiatement penser à l'univers des contes de fées sont répartis un peu partout sur la façade en pierre. Ici, une énorme botte. Là, le chapeau d'une sorcière. Plus haut, une cape rouge ou encore des sucettes en bois, aux couleurs alléchantes. Un sourire se peint immédiatement sur mes traits.

— Ça te fait envie ?

— Et comment !

Avant, j'aurais hésité à entrer dans cet établissement qui me renvoie droit en enfance. Mais l'image que je renvoie aux autres ne me semble plus aussi importante que mon propre bonheur.

L'intérieur est, comme l'extérieur, à la fois sobre et fabuleux. Nous nous installons près de la cheminée, dont l'agréable chaleur enveloppe mon corps. Pourtant, elle ne me réchauffe pas autant que le regard de Lao Hu posé sur moi.

Nous dînons dans un moment de partage. Il parle peu de son passé, préférant se concentrer sur le présent. Plus je le connais et plus il m'attire. Le repas fini, nous décidons de nous promener encore un peu dans ce village enchanté, comme si ni l'un ni l'autre ne souhaitait voir la fin de cet instant magique.

De retour au parking, j'ai comme une boule dans la gorge. Une boule formée de non-dits et de désirs que je n'ai pas souhaité exprimer. À l'instant où Lao Hu déverrouille les serrures, je décide que ça a assez duré. Je fais le tour de la voiture pour lui faire face, le plaque contre la portière et l'embrasse.

Pendant les premiers instants, je suis remplie de doutes. Il ne réagit pas et l'espace de quelques secondes, je me demande si je n'ai pas mal interprété ses signaux. Je suis sur le point de me détourner de lui quand ses doigts fins se glissent dans mes cheveux pour m'attirer plus près de lui et me rendre mon baiser de la manière la plus délicieuse qui soit. Le goût de ses lèvres me transporte et libère un tas d'émotions en moi. Elles déferlent dans mes veines, me rendant plus vivante, plus réceptive. Peut-être plus fragile aussi. Mais cela en vaut la peine, j'en suis certaine.

Je redoute l'instant où il s'écarte pour m'observer. J'ai peur de lire des regrets dans son regard. Ce n'est pas le cas. Je suis sur le point d'accepter son nouveau baiser quand quelque chose me fait bondir et hurler à la fois.

— Qu'est-ce qu'il y a ? s'inquiète Lao Hu.

— Je… j'ai senti un truc qui marchait sur ma chaussure. Peut-être un rat.

Je me sens coupable d'avoir interrompu notre étreinte, mais quand on a peur, on a peur. Je regarde dans tous les sens en quête de mon ennemi, jusqu'à ce que je perçoive un mouvement.

— Là, il y a un truc qui a bougé.

Je désigne le caniveau. Alors que Lao Hu va se pencher pour regarder ce qui se trouve là-dedans, je l'arrête en apposant mes paumes contre son torse.

— Non, ne fais pas ça ! Tu n'as jamais vu *Ça*[1] ou quoi ?

Il ricane, les iris à la fois remplis de tendresse et d'amusement.

— Ne t'en fais pas, je crains plus les hernies discales que les clowns tueurs.

Là-dessus, il se baisse. Partagée entre mon envie de le protéger et celle, tout aussi intense, de me mettre en sécurité, je le regarde s'agenouiller devant l'égout.

Quelques semaines plus tôt, je serais partie en prenant mes jambes à mon cou, comme me le prouve ma réaction lorsque j'ai démoli la voiture de mon patron ainsi que toutes les vitres du siège de Matuvu. Lao Hu allume la lampe de poche de son smartphone avant de diriger le faisceau vers le caniveau. Je retiens mon souffle. Et soudainement, son visage s'éclaire.

— Tu as vu quelque chose ?

---

1. *Ça* est l'adaptation cinématographique du roman fantastique du même nom écrit par Stephen King et publié en 1986, qui met en scène un clown effrayant se nourrissant de la peur des enfants.

— Oui ! Un chaton. Il a dû se réfugier là-dedans à l'instant.

Lao Hu l'appelle. L'animal lui répond par un miaulement effrayé. Je m'accroupis pour mieux voir. En effet, il y a bien une boule de poils là-dedans. D'ailleurs, ses miaulements sont de plus en plus plaintifs.

— Je crois qu'il est coincé.

— Qu'est-ce qu'on fait ?

— On l'aide, répond-il en enfouissant la main dans la cavité.

Le félin crache.

— Il a peur.

Je le comprends. Je le serais aussi si j'étais trempée, transie de froid dans le noir, face à deux géants inconnus. Pendant un temps indéfini, j'attends que Lao Hu l'attrape. Sans succès.

— Il ne veut pas venir.

Redoutant qu'on l'abandonne à son sort, je décide de me porter volontaire.

— Attends, je vais essayer.

Mon ami me décerne un sourire reconnaissant.

— Merci, je commençais à avoir mal à l'épaule.

Le fait d'introduire mon bras dans un endroit si sombre et si étroit ne me rassure pas, mais je suis prête à tout pour venir en aide à cette boule de poils. Mais au bout de seulement quelques instants, je commence à avoir des crampes au bras. Mes genoux sont douloureux, et mon dos aussi.

— Ça va ? Tu tiens le coup, Sélina ?

— Eh bien, j'ai l'impression d'avoir trente et un ans sur le papier et le corps d'une mamie de quatre-vingt-dix-neuf piges, mais à part ça tout va bien. C'est juste que…

Ma voix se fige dans ma gorge lorsque je sens quelque chose frôler le bout de mes doigts.

— Il m'a touchée, chuchoté-je, de peur d'effrayer l'animal.

Les iris de Lao Hu se remplissent d'espoir.

— Patientons encore un tout petit peu.

Je sens ses petites pattes qui grimpent sur mes doigts. J'essaie de le prendre, mais il s'enfuit.

— Tiens le coup, on y est presque.

Au bout d'un moment, il revient. Cette fois, j'attends qu'il soit au niveau de ma paume avant de refermer ma main sur lui et de l'extraire de sa prison. Mon cœur se gonfle de fierté et d'amour lorsque je tiens contre moi une petite boule de poils blanche et noire. Le chaton trempé tremble de froid. Il trouve immédiatement sa place sur mon cœur, au sens propre comme au figuré, puis se blottit contre moi, remplissant mes oreilles de ses ronronnements reconnaissants.

— Qu'est-ce qu'on fait, maintenant ? On l'emmène au refuge ? demandé-je hésitante.

— Je ne pense pas que ça va être possible.

— Pourquoi ? Quatre places se sont libérées.

— Je le sais, Sélina. Mais elles ont été aussitôt réservées pour accueillir d'autres chats qui attendent depuis longtemps. Et moi, je suis déjà à la limite des règles d'hygiène concernant les bars comme le mien. Je ne peux pas en prendre un de plus.

Je le comprends. Il serait injuste de lui jeter la pierre alors que cela fait des années qu'il est engagé dans la lutte pour la protection animale. Mais cette boule de poils sans défense ne mérite pas d'être abandonnée et la seule perspective de la laisser tomber me met en colère.

Quand je baisse les yeux sur le chaton ronronnant contre moi, une idée saugrenue apparaît dans mon esprit si bien rangé.

— Je vais la garder, ne serait-ce que jusqu'à ce que vous ayez une place en refuge.

Aussitôt, le visage de Lao Hu s'éclaire d'une lueur dont la chaleur se répand jusqu'au creux de ma poitrine.

— Tu serais prête à faire ça pour lui ?

— Je suis prête à le faire pour moi. Qui sait ce que cet animal pourra m'apporter ?

Je manque de tomber en arrière lorsqu'il se penche en avant pour capturer mes lèvres des siennes dans un baiser qui me fait oublier mes peurs, mes doutes et cette insécurité qui me ronge depuis toujours.

Chapitre 11

Un chat peut être pardonné de tout s'il ronronne.

Donna McCrohan

Je me doutais que Sophie serait ravie d'accueillir un chat, mais je n'anticipais pas que cela la rendrait aussi heureuse.

— On dirait que tu as attendu ça toute ta vie, lancé-je en la regardant se baisser pour faire un câlin à notre chat.

— C'est le cas. Mes parents y étaient opposés quand j'étais gamine. Puis il y a eu toi. Tu étais tellement à cheval sur l'ordre et la propreté que je ne te voyais pas en adopter un.

J'ai un pincement au cœur à l'idée de l'avoir privée si longtemps de quelque chose qui la remplit autant de joie.

— Je suis désolée.

— Ce n'est rien ! L'important, c'est que tu as changé, alors autant profiter de l'instant présent pour voler quelques grattouilles à cette boule de poils.

— Tu es au courant qu'elle est en CDD, la boule de poils ?

— Quoi ?

— Tu ne pourras pas l'avoir aussi longtemps que tu le voudrais.

J'ai l'impression qu'elle vient de pâlir.

— Ça va ? m'inquiété-je.

— Oui, oui, bien sûr. Euh, qu'est-ce que tu veux dire par là ?

— Eh bien, dès qu'il y aura une place disponible pour lui au refuge, le chaton partira afin que quelqu'un d'autre puisse lui offrir un foyer aimant pour de bon.

Sophie paraît rassurée. Je ne comprends plus rien.

— Ah oui, je sais. C'est d'ailleurs pour ça que tu refuses de lui donner un prénom.

Je fronce les sourcils, intriguée.

— Tout va bien, So ?

Elle et moi, on se raconte tout – ou presque – depuis l'enfance. Je suis convaincue qu'elle me cache quelque chose.

— Oui, oui ! Je suis juste fatiguée.

— Ça va avec Tof ?

Elle se mord les lèvres, signe d'indécision.

— Oui, franchement, ça va. À part qu'il me manque.

Je hoche la tête, compatissante.

— Je vais aller me coucher. La journée a été éreintante à l'hôpital. Enfin, la nuit, plutôt.

Je la laisse partir sans insister. Pour l'heure, elle a besoin de dormir et moi, je suis sur le point de me rendre au boulot. Mais d'abord, je fais chauffer un peu de lait spécial chaton. Munie d'un biberon, je m'installe sur le canapé, le félin blotti contre moi. L'expression de totale confiance qu'il arbore lorsque je le nourris réveille une drôle de sensation dans mon cœur. Repue, la boule de poils s'endort, le ventre rond d'avoir tant bu. Je le pose avec délicatesse sur un coussin.

— Je reviens te donner ton deuxième biberon plus tard. Dors bien.

En me levant, je croise le regard amusé de Sophie, vêtue de son pyjama à l'effigie de Pikachu.

— J'avais juste oublié mon chargeur sur la table basse, fait-elle en brandissant l'indispensable gadget. Tu es bien sûre que le chaton repartira dès qu'il y aura une place de libre au refuge ?

Son sourire me nargue jusqu'à ce que je franchisse les portes de *La Souplesse du Chat*. Comme toujours, je suis la première arrivée. À la différence que je ne suis plus seulement une « cliente ». Voilà plus d'une semaine que Lao Hu et moi nous sommes embrassés. L'un comme l'autre avons refusé de mettre une étiquette sur notre relation et avons décidé de laisser les choses venir naturellement. Cette façon d'agir ne m'étonne pas de lui, mais elle est inhabituelle pour moi. Contrairement à ce que j'aurais imaginé, je la trouve plus saine, moins angoissante, plus en accord avec l'instant présent.

J'ai à peine fait un pas dans l'établissement que le propriétaire me prend dans ses bras pour m'offrir un baiser digne du cinéma.

C'est dingue. Tout semble se passer tellement bien que c'est déroutant.

— Tout va bien ?

— Oui. Honnêtement, oui. C'est si étrange que ça me fait flipper.

Lao Hu rit. M'accoutumerai-je un jour à ce son harmonieux ?

— Tu es tellement pessimiste que c'est presque drôle.

— Ce qui est drôle, c'est que je n'ai pas encore eu mon petit-déjeuner alors que je meurs de faim. C'est quoi ce service bas de gamme ? plaisanté-je pour détourner habilement le sujet.

Il me relâche en souriant. Je regagne ma place. Au fil de ces dernières semaines, j'ai appris à prendre le temps. Par exemple, le matin avant la douche, je m'étire longuement puis je m'accorde quelques instants de douceur partagés avec le chaton, ce que j'aurais été incapable de faire avant. Mais les lundis, c'est toujours un peu plus tendu. Aussi, je me rends à ma place habituelle et allume l'ordinateur. J'ai bien fait, puisqu'il y a un message d'Albert. Ce dernier ne nous contacte que rarement. En règle générale, c'est plutôt Gria qui prend la relève. Et s'il avait découvert que dans toute cette histoire, je suis la seule fautive ? Je songe de plus en plus aux conséquences de mes actes. À ce que j'ai provoqué en m'asseyant sur cette climatisation et en réduisant mon lieu de travail en miettes. Et j'ai des remords, surtout concernant mon silence. Mais je ne m'en veux pas suffisamment pour avouer ce que j'ai fait. De toute manière, il est trop tard maintenant.

J'ouvre la missive, la gorge séchée d'appréhension. Je suis un brin rassurée en constatant que le même message a été envoyé à toute l'équipe. Il n'oserait pas me livrer en pâture à l'ensemble des employés, si ?

Chers tous,

Je suis heureux de vous apprendre que les travaux sont finis. Vous pourrez retourner sur site dès demain. Nous prévoyons un petit-déjeuner convivial en guise d'accueil. À bientôt !

Si je n'étais pas assise, j'en tomberais de ma chaise tant j'ai le sentiment que le sol se dérobe sous mes pieds. Le temps est passé tellement vite que je n'ai pas réalisé que nous arrivions doucement à échéance. D'ailleurs, nous l'avons même dépassée. Mes jours à *La Souplesse du Chat* étaient comptés depuis le départ, je n'ai fait que repousser mentalement la fin de cette agréable parenthèse. À présent, la réalité du moment me rattrape et je n'ai plus de possibilité de fuite.

Lao Hu va me manquer, c'est certain. Je ne me suis que trop habituée à sa présence bienveillante, mais ce n'est pas ce qui m'inquiète pour le moment. Bien entendu, je suis capable de me séparer de lui quelques heures par jour, là n'est pas la question. Ce qui me tracasse, c'est que j'ai changé. Je ne suis plus celle que j'étais il y a quelques semaines. Désormais, je suis plus à l'écoute de ceux qui m'entourent. Plus consciente du ressenti des autres. Revenir à Matuvu, ce sera me retrouver face à ceux à qui j'ai menti. Et je ne me sens pas prête ni à faire comme si de rien n'était ni à tout leur avouer.

Que faire, à part trouver une parade ? Mais c'est demain ! Il va falloir faire vite !

— Tout va bien, Sélina ?

Je lève les yeux de mon écran pour tomber sur ceux de Lao Hu. Pas question de lui dire ce qui me chagrine.

— Oui, j'ai juste faim.

Ça, au moins, ça passe à tous les coups.

— Ça tombe bien, ton petit-déjeuner est prêt.

Il se lève pour m'apporter mon plateau, qui contient un bol de thé ainsi qu'une énorme galette au soja. Je m'empare immédiatement du gâteau. Plus le temps passe, plus j'adore les douceurs asiatiques. Sauf qu'on croquant celle-ci, j'éprouve comme une vive sensation de brûlure à la langue, qui n'est en rien liée à la chaleur du gâteau, puisque celui-ci est froid. Écœurée, je le repose dans mon assiette sans parvenir à masquer mon dégoût.

— Qu'est-ce qu'il y a ?

Je ne peux pas répondre tout de suite, je suis occupée à vider mon bol de thé. Et une fois que j'ai tout bu, j'ai encore soif.

— Je crois que Dan Gao a encore confondu le sel et le sucre.

Lao Hu vérifie mes dires en arrachant un bout de galette, qu'il porte à sa bouche. Son beau visage qui se plisse comme un pruneau me fait aussitôt oublier mes tracas. Je m'esclaffe.

— Oh non ! Je vais aller la voir et je reviens avec un autre gâteau pour toi.

— Pas au sel, s'il te plaît.

Il me décoche un sourire avant de filer en cuisine. Sitôt seule, je rouvre le mail d'Albert, prête à lui servir une excuse bidon pour ne pas avoir à revenir demain. Je lui dirai que je ne récupère pas ma voiture avant mercredi. Ce qui me laissera le temps de trouver une solution. Seulement, avant que je n'aie pu taper le moindre mot, l'interface disparaît. J'essaie d'y remédier pendant quelques minutes, jusqu'à ce que mon téléphone sonne.

— Allô ?

Lao Hu revient vers moi, lui aussi avec un smartphone vissé à l'oreille, ce qui n'est pas fréquent.

— Bonjour, Sélina. C'est Gria.

— Bonjour, Gria. J'étais justement en train d'écrire à Albert pour lui dire que je…

— Le site de Matuvu est en panne, me coupe-t-elle. Nous avons essayé de le relancer, sans succès. Guy est sur le coup. Il affirme que ça sera opérationnel en milieu d'après-midi, au mieux.

J'étouffe un soupir de soulagement. Voilà qui me permet de ne pas avoir à mentir dans l'immédiat.

— D'accord. Souhaitez-vous que je fasse quelque chose ? Le site ne fonctionne pas, mais je peux essayer de travailler sur…

— Non, non ! Albert a insisté pour que toute l'équipe se repose jusqu'à ce que ça redémarre. Comme ça, vous serez plus en forme pour demain !

Ou pas !

Gria raccroche avant que je n'aie eu le temps de répondre quoi que ce soit. Je reste quelques secondes prostrée devant mon poste de travail dysfonctionnel, essayant de rassembler mes neurones.

— On a un problème.

Je lève un regard perdu sur Lao Hu. Est-ce qu'il se doute de quelque chose ?

— Qu'est-ce qui ne va pas, Lao Hu ?

— Il y a eu un début d'incendie au refuge.

— Oh non ! Est-ce que les chats vont bien ?

Aussitôt, mes problèmes me paraissent dérisoires.

— Oui, il n'y a pas eu de mort ni de blessé, Margot et Jean ont réagi très vite et ont pu sauver l'ensemble de nos pensionnaires. Mais tu comprendras qu'il faut que j'aille les aider.

Je hoche la tête.

— Oui, vas-y. Tu peux fermer le café. De toute façon, je ne peux pas bosser pour le moment, le site de Matuvu est en panne.

Il plisse les yeux en me scrutant. C'est mauvais signe.

— Quoi ?

— En fait, je ne pensais pas fermer.

— Tu crois vraiment que Dan Gao peut se charger de tout ?

Nous échangeons un regard lourd de sens. Non, bien sûr que celle qui a tendance à confondre sel et sucre ne peut pas s'occuper et de la partie cuisine et du service en salle des heures durant.

— Elle le pourrait pendant un bref instant, mais j'ai l'intention de m'absenter une bonne partie de la journée. Je ne peux pas me permettre de fermer sans l'avoir prévu, sinon, tous les produits invendus seront à jeter, ça me fait trop de pertes. Je me suis dit que tu pourrais prendre ma place. Si tu ne le sens pas, je peux toujours appeler un ami qui pourrait me remplacer.

Sa main se pose sur mon épaule, son pouce caressant ma peau à travers mes vêtements. Je ne sais pas quel court-circuit se produit dans ma tête au contact de cet homme, mais j'accepte sans réfléchir plus loin.

— OK. Je m'en occupe.

Je fais peut-être une énorme bêtise, mais rien que pour apercevoir cette lueur de fierté dans le regard de Lao Hu, je sais que ça en vaut la peine. Et puis, je n'aime pas laisser dans l'embarras les gens que j'apprécie.

— Viens, je t'offre une formation express, me propose-t-il après m'avoir embrassée.

Je connais déjà l'emplacement de la vaisselle et des ustensiles ainsi que celui des croquettes. Ce qui me prend le plus de temps, c'est de retenir les règles d'hygiène de base ainsi que le fonctionnement de la caisse enregistreuse.

— La plupart de mes clients te connaissent, tu n'as rien à craindre d'eux, ils seront indulgents. Tu verras, tout ira bien.

Ou pas...

— Reste *paw-sitive*, ajoute-t-il face à ma moue dubitative.

Après avoir communiqué ses intentions de départ à Dan Gao, je reste seule avec la plus loufoque des pâtissières.

Lao Hu ne doit pas avoir franchi les limites de Werstheim que les premiers clients font leur entrée. Un petit couple de retraités, tout ce qu'il y a de plus mignon et inoffensif. Ils sont inconnus au bataillon. Je m'avance vers eux avec mon sourire le plus avenant.

— Bonjour, bienvenue à *La Souplesse du Chat* !

La vieille dame se tourne vers son époux et lui flanque un coup de coude dans l'épaule.

— Tu vois, je t'avais dit que c'est un café, pas une salle de sport.

Je m'apprête à leur faire savoir que moi aussi, j'ai fait cette bourde quand l'homme rouvre la porte de l'établissement avant de crier :

— C'est bon, il y a de la place. Venez !

Dans les secondes qui suivent, j'assiste au déferlement de l'armée des petits vieux. En quelques instants, toutes les places sont prises.

— Euh… Dan Gao !

La pâtissière accourt à mon appel, mais ne semble guère impressionnée par la forte influence. Tout le contraire de moi. Un homme plus jeune s'avance vers nous.

— Bonjour, je suis le chauffeur du bus de retraités. On fait une pause dans votre petite ville. Est-ce que vous faites des prix de gros ?

— Uniquement si vous commandez la même chose, répond Dan Gao.

— D'accord. Alors, servez-leur ce que vous avez de plus mou. Sinon, j'en ai pour une heure d'arrêt, le temps qu'ils finissent de mâcher.

— Parfait. On a des galettes de soja. Elles sont très moelleuses.

Dix minutes plus tard, je cours entre les tables et le robinet pour apporter des cruches d'eau à tous les clients assoiffés après avoir croqué dans les galettes de soja trop salées. Dan Gao comme moi avions oublié cette erreur. Je cumule les boulettes, confonds les commandes, apporte un thé à la framboise à celui qui en souhaitait un au jasmin et rends le dentier que j'ai ramassé par terre au mauvais vieux. Lorsqu'ils repartent au bout d'une heure, j'enchaîne avec les habitués. Je propose du nougat au sésame à Mme Leroy, pourtant allergique aux fruits à coque, j'apporte une carafe d'eau à celui qui a commandé du jus de fruits, et sers une fourchette à Mia, jeune adolescente qui n'a commandé qu'un yaourt. Au service de midi, je m'embrouille avec les œufs brouillés, qui atterrissent sur la chemise toute propre de Karl, un homme d'affaires allemand qui a l'habitude de déjeuner à *La Souplesse du Chat*. Je marche au moins dix fois sur la queue de Mixo puis je trébuche sur Patate qui faisait barrage de son – gros – corps pour obtenir de la nourriture et m'étale de tout mon long sur le sol, récoltant les applaudissements des clients amusés. La suite de la journée est plus facile. En fin d'après-midi, on peut dire que je commence à prendre le pli. Je ne confonds plus aussi fréquemment les commandes, et je trouve cette activité presque agréable, même si je suis exténuée. Je me permets de discuter avec quelques clients habitués, comme le fait Lao Hu. Je l'avoue, je passe un bon moment et surtout, je ne pense plus au lendemain et aux soucis que je vais devoir affronter lorsque je serai face à Albert. Aurai-je le cran d'admettre ma faute, ou vais-je encore me taire ?

Je suis en train de converser avec M. Antoine, l'un de nos fidèles clients et d'ailleurs, dernier encore attablé au café, lorsque Lao Hu passe sa tête par l'entrebâillement de la porte. Son sourire désarmant me met tout de suite du baume au cœur.

— Allez retrouver votre amoureux, me souffle M. Antoine avec un clin d'œil.

Cinq minutes plus tard, je rejoins effectivement Lao Hu derrière le comptoir alors que le dernier client commence à partir.

— Comment vont tes protégés ?

— Bien. Ils ont eu de la chance que Margot et Jean aient été si réactifs.

— Où est-ce qu'ils seront logés ?

— On a nettoyé toutes les traces de suie, on a bien aéré… les animaux ont pu retrouver leurs box en fin d'après-midi.

Je soupire, soulagée.

— Dis donc, c'est que tu t'attaches à tes boules de poils.

Je ris.

— C'est vrai. Pourtant, ils m'en ont donné, du fil à retordre.

Je ne réponds pas à son interrogation silencieuse.

— Et toi, ta journée ?

— *La Souplesse du Chat* n'a pas brûlé, répliqué-je avec un sourire. J'imagine que c'est plutôt bon signe.

— Je savais que tu assurerais, Sélina ! Par contre, je meurs de faim. Je ferme le café et je nous sers quelques restes, ça te va ?

Il se rend en cuisine, où Dan Gao est déjà sur le départ, et revient les bras chargés de deux assiettes pleines de gâteaux. Ce n'est pas ce qu'il y a de plus diététique, mais ça fera l'affaire. Le sucre a toujours eu le don de me réconforter, de toute façon. Alors que nous dégustons notre drôle de dîner, je lui livre quelques anecdotes rigolotes concernant mes faibles capacités de serveuse.

— Je pense que le pire, ça a été le coup du dentier. Le donner à la mauvaise personne…

— Ne t'inquiète pas, j'ai fait pire. Un jour, quelqu'un a commandé un gâteau au riz gluant avec du coulis de fruits. Quand je me suis penché pour servir la personne, distrait par les miaulements intempestifs de Mixo, j'ai versé la sauce directement dans le sac ouvert de la cliente. Je ne te dis pas sa tête quand elle a plongé la main dedans pour sortir son portefeuille.

Je m'esclaffe avec lui. Malheureusement, la vibration de mon téléphone me coupe dans ma bonne humeur. C'est un message de Gria qui m'apprend que l'incident informatique a été résolu. Je pourrai donc retourner à Matuvu dès demain. Sauf qu'en vrai je ne me sens pas la force d'affronter Albert.

Parfois, je maudis la clairvoyance de Lao Hu, notamment lorsqu'il arrive à percer ce qui se dissimule derrière mon sourire de façade.

— J'imagine que ce ne sont pas tes turpitudes de serveuse qui te plongent dans cet état.

— Je suis juste fatiguée, tenté-je en secouant la tête.

Il se touche le bout du nez, un geste qui signifie qu'il n'est pas dupe. Je n'ai pas d'autre choix que de tout lui avouer. De toute manière, il aurait compris tout seul en ne me voyant pas arriver au café demain matin.

— Je dois retourner au travail demain. Sur site, je veux dire. À Strasbourg.

Il attend avec patience la suite de mon annonce. Comme elle ne vient pas, il m'interroge.

— C'est parce que tu ne me verras plus en journée que tu es si triste ? Tu sais, on pourra se retrouver le soir, ne t'inquiète pas.

J'éclate d'un rire nerveux.

— Tu n'y es pas du tout, Lao Hu. J'adore passer du temps avec toi, mais je ne suis pas encore accro au point de ne pas pouvoir passer une journée loin de toi. Sans vouloir te vexer.

Son clin d'œil m'indique qu'il ne le prend pas pour lui.

— Alors, qu'est-ce ?

J'inspire une énorme goulée d'air pour contrer cette sensation d'étouffement.

— Beaucoup de choses. À vrai dire, je ne me plais plus dans mon travail.

Sélina, ou l'art de l'esquive.

— Ça, je l'avais compris. Mais si le souci est le poste que tu occupes, ici ou sur site, le problème reste le même.

Ai-je déjà dit que je déteste sa perspicacité ?

— C'est vrai. Mais il y a plus.

— Je t'écoute.

— Je te préviens, tu vas être déçu.

L'idée de le voir décamper lorsqu'il saura ce que j'ai fait m'effraie. Parallèlement, j'ai besoin de vider mon sac, et il est la personne la plus apte à m'écouter.

— Je n'ai pas peur.

— Tu devrais. Quand tu comprendras à quel point je suis malhonnête, tu détaleras si vite que je ne pourrai pas te rattraper.

— Je suis tellement crevé que je ne pense pas pouvoir marcher mieux qu'un zombie, m'annonce-t-il avec un sourire. Alors profites-en, parce que je ne risque pas de m'enfuir bien loin.

Sa manière de dédramatiser la situation m'aide à tout lui raconter. Jusqu'au bout. Lorsque je lève la tête pour affronter son regard, je m'attends à y lire de la déception. Ce n'est pas le cas.

— Tu ne t'enfuis pas ?

— Je ne voudrais pas te vexer, mais j'ai vu pire comme bêtise.

Je lui fais de grands yeux.

— Ton plus grand tort n'est pas ta maladresse, mais ton mensonge.

— Mon omission de la vérité.

Ma correction lui arrache une moue amusée.

— Tu as deux options. Soit tu continues de cacher ce que tu as fait et tu retournes auprès d'Albert comme si de rien n'était, soit tu lui avoues les faits.

Le stress rend mon estomac lourd comme une pierre.

— Dans les deux cas, il y a un risque de souffrance pour toi. Dans le premier, elle est réelle et assurée, puisque tu en souffres déjà maintenant. Si tu ne te livres pas, tu continueras d'angoisser et la culpabilité te rongera jusqu'à ce que tu n'en puisses plus.

Je hoche la tête, la gorge trop nouée pour que je dise quoi que ce soit.

— Si tu parles, Albert risque de mal le prendre.

— Et de me virer.

— Et de te virer. Mais tu m'as dit que ce travail, tu ne l'aimes pas plus que ça et Sophie peut te loger, tu n'es pas dans l'urgence, financièrement parlant.

J'acquiesce.

— Il se pourrait aussi qu'il te pardonne et passe l'éponge.

Encore une fois, j'éclate d'un rire nerveux.

— Ça m'étonnerait. C'était quand même gros comme bêtise.

— C'est vrai. Mais des erreurs, on en fait tous. L'important, c'est de le reconnaître, et surtout, de demander pardon.

Je n'en suis pas si convaincue.

— Regarde, des boulettes, tu en as fait plein aujourd'hui. Pourtant, quand je suis allé chercher à manger dans la cuisine, Dan Gao m'a dit que tes clients étaient ravis.

Je souris.

— Ça, c'est parce que je leur ai offert un beau spectacle quand je me suis étalée de tout mon long après avoir trébuché sur Patate.

Entendant son prénom, l'intéressé lève la tête et s'étire longuement avant de venir dans notre direction en quête d'une friandise. Lorsqu'il se met à ronronner, je ne peux pas m'empêcher de le caresser sous le menton, juste à l'endroit qu'il adore.

— Un chat peut être pardonné de tout s'il ronronne, explique Lao Hu. Il en va de même pour un humain qui demande pardon.

Puisse-t-il dire vrai.

— J'imagine que si l'on ajoute un peu de douceur dans ses excuses, ça passe mieux. Tu veux bien m'aider ?

— Tout ce que tu voudras.

Le fait d'avoir préparé ma demande de pardon une bonne partie de la nuit ne m'empêche aucunement de me lever avec une boule dans l'estomac et une autre dans la gorge. Un SMS encourageant de Lao Hu et quelques ronronnements de mon chat me poussent à sortir de mon lit et à affronter les conséquences de mes actes. Quoi qu'il arrive, ça ne peut pas être pire que la culpabilité qui me ronge.

Sophie, qui revient de l'hôpital avec sa propre voiture – merci, le mécanicien – m'aide à tout charger dans le coffre.

— Si avec ça, ils ne te pardonnent pas, c'est que ça ne vaut pas la peine de cuisiner pour eux. Mais pour moi, tu le peux, je t'assure !

Sa plaisanterie m'arrache un sourire. Je la prends dans mes bras, hume ses cheveux et dépose un baiser sur sa tempe. Elle ferme les yeux de contentement. Je pourrais presque l'entendre ronronner.

— Il y a longtemps que tu ne m'as pas offert ce genre de câlin, je suis fan !

— Moi aussi, So, moi aussi.

Je retiens mon souffle. C'est la première fois que je vois autant de voitures sur le parking de Matuvu. C'est aussi la première fois que j'arrive au travail à l'ouverture. Avant cela, j'avais tendance à me pointer ici avec au minimum une heure d'avance.

Les bras chargés des pâtisseries que j'ai préparées la veille avec Lao Hu, j'inspecte les vitres neuves du bâtiment qui ressemble toujours à une cloche à fromage géante. En dehors de l'emplacement de la voiture du patron, qui se gare désormais aussi loin que possible du lampadaire assassin, on dirait que rien n'a changé. Si, moi. Je suis prête à affronter les conséquences de mes actes. Ou presque. Si jamais Albert décide de m'agresser pour ce que j'ai fait, je pourrai toujours me défendre à coups de gâteau au riz gluant. Si, si, c'est une véritable arme de destruction massive.

Après m'être débrouillée pour badger avec les mains pleines sans faire tomber une seule douceur, je donne un coup de hanche dans la porte d'entrée pour l'ouvrir et me dirige droit vers l'open space. Par chance, le plateau un peu bombé que je transporte devant moi m'empêche de voir les autres et me sert un peu de bouclier. Cette protection est une bénédiction pour ma timidité maladive.

En déposant ma charge sur mon bureau, j'ai aussi l'impression d'avoir déposé mes armes. C'est très étrange comme sensation, et pas aussi désagréable que je l'aurais cru.

— Sélina ?

Je croise le regard de Guy, dont les yeux arrondis me sondent avec étonnement.

— Oui, c'est moi. Je suis celle dont le bureau se situe près des toilettes.

Il hoche vivement la tête.

— Je t'ai reconnue, bien sûr ! C'est juste que… c'est la première fois que j'arrive avant toi.

— Moi aussi, dit Myriam, du service compta.

— Pareil pour moi, renchérit Loïc, qui occupe le bureau d'à côté.

— Eh bien, c'est tant mieux, intervient Carole. Parce que j'avais peur que tu finisses en burn out, ma chère *work addict.*

Je lui souris avec reconnaissance. Elle a raison. Je pense que je n'en étais pas si loin.

— Ce sont des gâteaux, là, sous le papier alu ? me questionne Guy en tendant la main vers mes pâtisseries.

Je lui flanque une tape affectueuse sur les doigts. L'espace d'un instant, je redoute d'avoir fâché l'informaticien, mais ce n'est pas le cas. J'avais tellement pris l'habitude de vivre dans une bulle ces derniers temps que je ne sais même plus comment fonctionnent les relations humaines.

— Tu peux bien patienter un peu, non ? Je te promets de te réserver le plus gros bout.

Il n'a pas le temps de me répondre que la porte s'ouvre sur le bureau de Gria. Albert et elle sont les seuls à avoir droit à un espace privatif chez Matuvu. L'assistante du chef nous sourit.

— Tout le monde est prêt pour le petit déjeuner ?

Mince ! J'avais oublié qu'il y aurait déjà à manger sur place. J'espère qu'ils ne vont pas mal prendre le fait que j'aie apporté aussi mon lot de douceurs.

— Euh, j'ai aussi prévu quelques bricoles.

Quelques bricoles qui m'ont pris des heures à cuisiner...

Les yeux de Gria s'arrondissent, comme ceux de Guy, avant. Est-ce si surprenant pour eux de me voir participer à la fête ?

— Et elles ne sont pas empoisonnées, plaisanté-je pour détendre l'ambiance devenue pesante.

Un éclat de rire général suit ma réplique. La glace est rompue, la fête peut commencer.

Mon œsophage se bloque dès l'arrivée d'Albert. Lao Hu a raison. Faire comme si de rien n'était m'est devenu impossible. Aussi, je me dois de tout lui avouer, sitôt le petit-déjeuner terminé.

Chacun me félicite pour ces douceurs venues d'ailleurs, et ça me fait un bien fou. Pour la première fois depuis que j'ai intégré cette boîte, je me surprends à apprécier cette équipe. Tout en mangeant, j'écoute Myriam me parler de sa fille, qui a fait ses premiers pas il y a une semaine. Et Guy, qui aborde avec humour l'événement marquant de ce week-end, lorsqu'il s'est rendu chez une voisine dont l'ordinateur était en panne. De toute évidence, l'avarie n'avait rien à voir avec l'informatique, puisque ladite voisine l'attendait en tenue d'Ève. À chacun ses fantasmes…

Mon rire se fige dans ma gorge dès qu'Albert s'approche de moi.

— Je peux en prendre une ?

Sans me quitter des yeux, il désigne les galettes de soja du bout de l'index.

— Euh, oui. J'ai bien vérifié, elles sont au sucre et non au sel.

L'homme me regarde comme s'il m'était poussé une corne entre les deux yeux, ce qui me fait réaliser l'incongruité de mes propos.

— Oups, pardon. Il m'arrive de raconter n'importe quoi en ce moment.

Un sourire fend son visage rond.

— Au moins, vous parlez. C'est déjà un énorme progrès, vous connaissant.

Je pince les lèvres avant de lui rendre un sourire gêné. C'est maintenant ou jamais.

Ne te défile pas, Sélina !

— À ce sujet, est-ce que je peux vous parler en privé ?

Il hoche vivement la tête.

— Bien sûr. Venez me voir dans mon bureau, sitôt le petit-déjeuner terminé.

Sitôt le petit-déjeuner terminé. Ce qui me donne le loisir de stresser pendant encore vingt minutes. *Youpi !*

Après avoir envoyé un SMS à Lao Hu pour lui assurer que je n'ai pas l'intention de me défausser, j'enroule une main moite autour de la poignée, ouvre la porte, puis frappe le battant avant de me rendre compte de ma bévue.

— Pardon. Quand je suis angoissée, j'ai tendance à faire les choses dans le désordre. Je peux ressortir, si vous le voulez.

Le quinquagénaire me couvre d'un regard amusé.

— Prenez place, Sélina.

Je m'installe maladroitement sur la chaise qui lui fait face.

— Vous en voulez un ?

Je m'arrache à la contemplation de mes ballerines pour apercevoir le paquet de bonbons en forme de Schtroumpf qu'il tient entre ses mains. Cet homme a peut-être créé une boîte, mais il y a quelque chose en lui qui me fait penser aux grands enfants.

— Euh, non, merci. Je risquerais de le vomir.

— Ça alors ! Vous êtes la première à avoir envie de vomir en mangeant une confiserie.

Je lui souris. Il n'a même pas l'air vexé.

— J'ai encore fait preuve de maladresse, veuillez m'excuser. J'ai tendance à vomir et à dire n'importe quoi quand je suis stressée.

Il me scrute un long moment, au point que je me demande s'il n'est pas victime d'un genre d'AVC.

Je m'apprête à sortir mon téléphone de ma poche pour appeler les secours quand il pose tranquillement ses bras sur son bureau et se cale confortablement dans son fauteuil de directeur.

Ouf, il bouge. Fausse alerte !

— Si vous me racontiez simplement ce qui vous tracasse tant ?

Bonne idée !

— Je me suis assise sur votre climatisation.

Il penche la tête sur le côté. Il ne voit pas où je veux en venir. C'est normal, il n'est pas devin.

— Euh, d'accord…

— En m'asseyant, elle s'est décrochée du mur et a percuté le lampadaire. Ce dernier a ensuite tapé dans les vitres, avant de finir sa course folle dans votre voiture.

Il ne relève pas. Je ne sais même pas s'il bat des cils.

— Ce que je suis en train de vous dire, Albert, c'est que je suis entièrement responsable des dégâts occasionnés sur votre véhicule et sur votre entreprise. Et j'ai gardé le silence jusqu'ici.

J'attends qu'il parle. Qu'il bouge. Voire qu'il me crie dessus. Il n'en fait rien et se borne à rester immobile. Est-ce qu'il est mort les yeux ouverts ? Non. Ses narines frémissent. Est-ce que les zombies respirent ?

— Je comprendrais que vous vouliez vous débarrasser de moi. À vrai dire, je trouverais cela normal que vous portiez plainte. Vous avez dû engager des frais importants par ma faute. Je vous demande pardon.

Toujours aucune réaction.

— Albert ? Vous voulez que j'appelle quelqu'un ?

— La vérité, c'est que je le savais déjà.

J'écarquille les yeux, étonnée.

— Quoi ? Mais… comment ? Est-ce que…

— Nous avons eu accès aux caméras de surveillance de l'entreprise voisine et ce, dès le lendemain de l'incident.

Il savait…

Des émotions diverses se bousculent en moi. La peur, la curiosité, un début de soulagement.

— Pourquoi ne pas me l'avoir dit plus tôt ?

— Pour vous donner une chance de le faire vous-même.

Aucune autre réponse n'aurait pu me surprendre davantage que celle-ci.

— Mais…

— Sélina, depuis le jour de votre embauche, vous avez travaillé sans relâche. Beaucoup, même trop. Jamais je ne vous ai vue vous plaindre ou nous lâcher. Vos actions m'ont incité à me montrer bienveillant. Et puis, qui n'a jamais fait d'erreur ? Je vous l'accorde, celle que vous avez commise était énorme. Mais vous savez quoi ?

Soudain muette, je secoue la tête de droite à gauche.

— Il faut de l'agilité pour esquiver ses responsabilités. Mais affronter ses erreurs, demander pardon, cela requiert un courage que seuls les gens exceptionnels possèdent. Et vous êtes exceptionnelle, Sélina. En venant me voir ce matin à mon bureau, vous m'avez prouvé que je n'ai pas eu tort de vous embaucher. Et j'adore avoir raison, conclut-il en m'offrant un petit sourire pour dédramatiser la situation.

J'essuie une larme sur ma joue. Pourquoi est-ce que je pleure ? Le soulagement ? La gratitude, peut-être ? Sûrement un peu les deux à la fois.

— Merci, Albert…

Mon remerciement est si sincère que je suis entièrement chamboulée.

— Ne me remerciez pas. Continuez de me témoigner que vous êtes digne de ma confiance et de mon pardon. Donnez-moi la recette de ces gâteaux au riz gluant, et nous serons quittes.

— Bien sûr. Je ferai de mon mieux pour vous épargner une nouvelle déception.

— Je n'en doute aucunement.

Plus tard, en discutant avec Gria, qui elle aussi était au courant de tout depuis le début, je découvre que de toute manière, les vitres devaient être remplacées pour être aux normes, ce qui a rallongé la durée des travaux en conséquence. Je me sens un peu moins coupable.

Je fais un crochet par *La Souplesse du Chat* avant de rentrer. Je retrouve Lao Hu en train de débarrasser les dernières tables avant la fermeture.

— Alors ? s'enquiert-il.

Je ne décèle pas le moindre doute dans son regard.

— Tu avais raison. On pardonne tout à un chat qui ronronne.

Il pose les assiettes sur le comptoir avant de m'attirer à lui. C'est si bon que j'en ronronnerais presque, moi aussi.

— Tu ne dis rien ? demandé-je en m'écartant.

— Comment cela ?

— Pas de leçon à me donner ?

Il me sourit.

— Je crois que tu ne t'en rends pas compte, Sélina, mais tout ce que tu sais… c'est toi-même qui te l'es enseigné.

À nos pieds, Patate pousse un miaulement affamé.

— Toi, et peut-être un peu les chats, conclut-il.

Je lui rends son sourire, charmée par sa modestie, et l'embrasse jusqu'à ce que la tête me tourne.

Chapitre 12

Le chat ne nous caresse pas,
il se caresse à nous.

Rivarol

Je rattrape mon ordinateur portable à la dernière minute. Quelques secondes de plus et il se fracassait en mille morceaux sur mon carrelage. Ou pas. C'est peut-être résistant, ces choses-là. Je suis maladroite, mais je n'en ai jamais fait tomber un seul. Pas jusqu'au sol, du moins.

— Tu es sûre que tu es obligée de faire ça maintenant ? ronchonne Sophie en mettant le film en pause.

J'arrache mes yeux de l'écran pour les coller sur le visage mutin de ma meilleure amie, assise sur le fauteuil voisin de mon canapé. Une fois n'est pas coutume, elle ne travaille pas cette nuit, alors nous avons prévu une soirée cinéma à la maison. Avec Lao Hu, avachi à mes côtés sur le canapé.

— J'en ai encore pour une trentaine de minutes, ne t'en fais pas.

— C'est ce que tu as dit il y a une heure.

Je soupire. Elle a raison, mais je n'ai pas envie de l'admettre.

— *Titanic* dure cent quatre-vingt-quinze minutes, j'ai largement le temps de finir de travailler avant qu'il ne coule. Et de toute manière, cet idiot de Jack[1] disposait d'un espace plus que suffisant pour monter sur sa planche.

Oui, je suis de mauvaise humeur, mais à ma décharge, j'ai travaillé d'arrache-pied ces derniers temps pour mener un projet à bien pour le compte de Matuvu, alors j'ai des circonstances atténuantes. Enfin, pas tant que ça. Je refuse de me comporter comme je le faisais avant.

Ronronne, Sélina, ronronne.

— Pardon, So, je suis un peu à cran dernièrement.

Elle accueille mes excuses d'un hochement de tête ponctué d'un sourire.

— Excuses acceptées si tu te débarrasses de l'ordinateur dans moins de dix minutes.

J'accepte sa requête. Après tout, elle a raison. J'ai déjà travaillé neuf heures aujourd'hui, je peux bien me reposer un peu.

Je dépose l'ordinateur sur le carrelage. Je l'aurais bien mis sur la table, mais le chaton s'est endormi sur mes genoux. Malgré ma prudence, mon mouvement a troublé son sommeil léger. Le félin bâille et s'étire avant de commencer à se laver à l'aide de sa langue râpeuse.

— Ça se lèche combien de fois par jour, un chat ?

— Combien de fois, je ne sais pas, répond Lao Hu. Mais il me semble qu'ils passent un tiers de leur temps d'éveil à faire leur toilette.

1. Personnage principal de *Titanic*, film de James Cameron sorti en 1997.

Sophie et moi échangeons un regard interloqué. Elle pointe un index accusateur dans ma direction.

— Tu ne pourras plus jamais dire que je passe trop de temps sous la douche.

Je ris.

— En parlant de temps, ça fait combien de semaines que tu n'as pas pris un peu de temps pour prendre soin de toi, Sélina ? demande Lao Hu, mutin.

— De semaines ? Tu peux directement parler en années, Lao Hu ! La dernière fois que Sélina s'est occupée d'elle-même, elle n'avait pas encore le bac.

Je fusille Sophie du regard.

— Tu peux arrêter de parler de moi à la troisième personne, je te signale que je suis là. Et tu sais aussi bien que moi que les spas, les bains à remous et les soins esthétiques, ce n'est pas vraiment mon truc.

— Oui, je n'ai pas oublié la fois où ton pied a fini dans le visage de l'esthéticienne.

Je me sens rougir violemment.

— Elle n'avait qu'à pas me prendre par surprise en posant sa bande de cire n'importe où. Et puis cette information était confidentielle !

Jusqu'à maintenant...

Lao Hu se mord les lèvres. Pour ne pas rire de moi, j'en suis certaine.

— Prendre soin de soi, ça ne veut pas forcément dire se rendre dans un salon de beauté, ça veut dire faire ce que l'on aime. Quand est-ce que tu t'es accordé du temps pour ça, pour la dernière fois ?

— Euh, je crois qu'il y avait encore des dinosaures. Ou du moins, les pantalons taille basse étaient encore à la mode.

— Je vois.

— Qu'est-ce que vous feriez, vous ? Si vous aviez quarante-huit heures devant vous ? Moi, j'irais voir mon homme, lance Sophie.

Il lui manque, c'est certain. Je lui dédie un sourire désolé.

— Moi, je découvrirais l'Alsace, admet Lao Hu. Je vis ici depuis quelques années et je ne connais pas encore tous les recoins. Et toi, Sélina ?

Sa question, pourtant prévisible, me prend au dépourvu. Je m'accorde quelques instants de réflexion. Néanmoins, je ne trouve aucune réponse satisfaisante.

— Vous n'allez pas me croire, mais je n'en sais fichtrement rien.

Mon amie et mon petit ami échangent un regard que je ne parviens pas à déchiffrer.

— T'es un cas désespéré, Sélina, marmonne Sophie, faussement agacée. Allez, j'ai envie de baver devant l'autre. Celui qui cède sa place sur la planche en bois pour sauver celle qu'il aime, parce que je le répète, il leur était impossible de tenir à deux dessus.

Je lève les yeux au ciel avant de les fermer, et me blottis contre Lao Hu, qui me recouvre d'un plaid bien chaud. Désormais à mes pieds, le chaton s'est endormi. Et moi, je souris encore lorsque je le rejoins dans son sommeil, moins de dix minutes plus tard.

Toc, toc, toc ! Encore un samedi où l'on m'arrache trop tôt des bras de Morphée. La tête dans le coaltar, je me lève en trombe, envoyant valser le pauvre chaton qui dormait sur la couette et qui se retrouve sur le sol sans avoir rien demandé à personne. Je m'enroule dans ma robe de chambre et ralentis le rythme en descendant les marches histoire de ne pas en louper une et finir avec le coccyx cassé. Lorsque j'ouvre la porte, ce n'est ni ma mère ni ma sœur, mais Lao Hu qui me fait face. À croire que le fait de ne pas me voir avant sept heures du matin constitue un mauvais augure pour la suite de sa journée.

— Hein ? grommelé-je en guise de bonjour.

— Félicitations, tu as mis une minute de plus à ouvrir la porte que le dernier samedi où je t'ai réveillée aux aurores, il y a du progrès, tu commences à apprendre à prendre le temps.

Je pointe un index menaçant vers lui. Ma soudaine colère m'a entièrement réveillée.

— Et c'est pour ça que tu me fais lever aussi tôt l'un des rares jours où je peux dormir ? Tu veux que je te réduise en pâtée pour chats, c'est ça ?

Il a le culot de s'esclaffer.

— Non, rassure-toi, la torture n'a jamais, jamais été une technique envisageable d'apprentissage. Je t'emmène en week-end.

Ça sonne plutôt bien. Tellement bien que je peine à le croire.

— Maintenant ?

— Dès que tu auras pris ta douche.

Je me gratte la tête, déboussolée.

— Mais, je n'ai rien préparé. Je devais aider ma sœur avec sa robe, ma valise n'est pas prête et n'oublie pas Chaton…

— Ta valise est dans le salon, ta sœur, je la gère sûrement mieux que toi, et je me ferai une joie de m'occuper de Chaton pendant ton absence, s'exclame une voix derrière moi.

Je pivote sur mes pieds pour faire face à Sophie, postée derrière moi dans son pyjama à l'effigie de Pikachu, prête à aller se coucher. Après m'avoir décoché un clin d'œil, elle sourit à Lao Hu.

— Vous deux, vous avez passé un accord. Qui en est le commanditaire ?

Tous les deux lèvent les mains en l'air en signe d'innocence. Une chose est sûre, personne ne se dénoncera.

— OK. Vous avez décidé de me rendre folle. Et je vous mentirais si je vous disais que ça ne me fait pas plaisir, avoué-je avec un sourire. Mais si je suis en retard sur mes dossiers…

— J'ai pris la liberté d'écrire à Gria à partir de ta boîte mail. Elle a répondu : « Quel retard ? » Sélina, rendre une tâche avec moins de quarante-huit heures d'avance, ce n'est pas du retard, affirme Sophie.

Je ris. Effectivement, vu comme ça, mon comportement est ridicule. Je serre l'infirmière dans mes bras avant d'embrasser brièvement mon petit ami.

— Merci, les gars ! So, monte te coucher, tu dois être crevée après ta nuit à l'hôpital. Lao Hu, je te prépare un café en attendant ?

L'homme fait la grimace en entendant parler de café. Je lui en sers un quand même. Peut-être finira-t-il par aimer, comme je l'ai fait avec le thé. Tout le monde change…

— Je vais me doucher. Je suis à toi dans quinze minutes.

Dans la voiture, je me comporte comme une enfant de trois ans. Lao Hu me sourit les quatre premières fois que je demande « quand est-ce qu'on arrive », puis finit par faire celui qui n'a rien entendu. Alors, je me saisis de mon téléphone et en profite pour jeter un œil aux dossiers en cours, jusqu'à ce que le réseau coupe, m'obligeant à lâcher prise.

— Est-ce qu'il y aura Internet, là où l'on va ?

Il ricane.

— Pourquoi cette question ? Tu as peur de te déconnecter d'Internet pendant un peu moins de quarante-huit heures ?

— Hein ? Mais je n'ai jamais voulu me couper du monde !

Lao Hu me réserve l'un de ses sourires mystérieux dont il a le secret. Un essaim de papillons s'affole dans mon ventre, comme au lycée, lorsque je tombais amoureuse.

— Personne n'a dit qu'on allait se couper du monde, c'est même tout le contraire. On va s'éloigner du superflu pour se reconnecter à l'essentiel.

Je ne comprends pas le sens de sa phrase, mais je décide de lui faire confiance. De toute manière, ce n'est pas comme si, au fond, cette virée imprévue ne me faisait pas plaisir.

D'un œil curieux, je note les changements de décor. La plaine d'Alsace laisse place aux collines, puis aux montagnes vosgiennes. Les chênes, les frênes et les hêtres qui commençaient à bourgeonner sont remplacés par des sapins verdoyants et la route droite et prévisible devient sinueuse, capricieuse. Jusqu'à ce qu'enfin, au détour d'un virage, je commence à comprendre l'enjeu de cette virée.

— Un parc naturel ? demandé-je alors que nous franchissons le portail métallique.

— Oui. Ce lieu regorge de vie, répond-il en avisant les moineaux qui se baignent dans une flaque non loin de l'endroit où nous avons garé la voiture. Je me suis dit que c'était l'idéal pour tes photos.

Je souris, sincèrement touchée. Il a su dénicher ma plus grande passion et me donner la possibilité de l'exercer à fond, ne serait-ce que le temps d'un week-end. Émue, j'encadre son visage de mes mains pour déposer un baiser sur ses lèvres.

— Merci. C'est génial.

— Et tu n'as encore rien vu !

Rien vu ? Mais, qu'est-ce qu'il me réserve encore ?

Alors que nous patientons à la réception, je sors régulièrement mon téléphone de la poche pour le consulter. Un réflexe inutile qui fait sourire mon petit ami, puisqu'il n'y a toujours pas de réseau.

— Tu survivras, n'aie pas peur, souffle-t-il dans mon oreille avec un sourire joueur.

— Je sais que je survivrai. Et j'ai peur, oui. Mais j'ai peur d'aimer ça, cette coupure, cette parenthèse rien que pour nous deux.

— Et alors ? Il n'y a rien de mal à changer de cap.

Je n'ai pas le temps de répondre, puisque c'est notre tour. Apparemment, tout est déjà payé, Sophie et lui se sont occupés de tout organiser dans mon dos pendant la semaine. Je ne sais même pas comment leur exprimer ma gratitude.

Nous récupérons nos affaires dans la voiture et nous enfonçons dans un sentier verdoyant, si étroit que nous sommes obligés de marcher en file indienne. Lao Hu s'arrête de manière trop soudaine pour que je puisse éviter la collision. Je lui rentre dedans. Je n'avais jamais remarqué combien son corps était dur, tout en muscles, mais sans excès.

— Ça va, tu n'as pas le vertige ?

Je lui coule un regard faussement réprobateur.

— Euh, d'accord, Lao Hu, tu es particulièrement bien fait. Mais je t'assure que je peux me cogner la tête contre ton torse musclé sans risquer un traumatisme crânien.

Son rire danse sur les fines épines des épicéas.

— Ce n'est pas pour ça que je te pose la question, mais je te remercie du compliment.

Je me sens rougir comme une collégienne.

— Alors, tu as le vertige ?

— Non.

Il pousse un soupir rassuré.

— Pourquoi cette question ?

— Tu le sauras très, très bientôt.

Le voilà qui me laisse frustrée, pleine de curiosité.

— Nous y sommes.

Je jette un coup d'œil circulaire autour de moi sans pour autant distinguer la moindre maison pouvant nous accueillir.

— Euh, tu ne penses pas qu'il fait un peu froid en ce début de printemps pour une nuit à la belle étoile ?

— Pour mieux comprendre le monde, il faut prendre de la hauteur.

Hein ? Je n'ai pas la moindre idée de ce que le maître zen me raconte, mais je continue de chercher. Le chant d'un oiseau au-dessus de nous me fait lever la tête. C'est là que je l'aperçois, cette cabane perchée dans les arbres, bien plus belle que celle dont je rêvais, enfant.

— Lao Hu, c'est…

Je ne trouve pas les mots pour exprimer mon émotion, alors je laisse tomber mes affaires et serre mon petit ami dans mes bras. Parfois, les gestes valent mieux que les paroles et l’amour passe aussi bien à travers un baiser que par un « je t’aime ».

L’amour ? Ai-je vraiment pensé ce mot ? Je décide de laisser de côté mes tergiversations et me concentre sur l’instant présent. De toute manière, je ne voudrais être nulle part ailleurs, et je suis accompagnée de la personne idéale. Rien d’autre n’a d’importance.

On accède à la maison par une petite échelle en bois dont chaque marche craque sous mes pieds. La cabane me plaît. Beaucoup. Elle est minuscule, ne compte qu’une pièce, une salle de bains minuscule et une kitchenette, mais elle répond à toutes mes attentes.

— Pourquoi est-ce que le sol est transparent ?

— Pour nous permettre d’apercevoir les animaux, même la nuit.

— Quels animaux ? Tu as une idée de la faune locale ?

— Des oiseaux, des petits mammifères, des lynx et… des loups. Ça ne te fait pas peur, j’espère ?

— Pas le moins du monde, répliqué-je avec un sourire jusqu’aux oreilles.

Après une pause bien méritée sur notre lit, nous quittons notre cabane de Robinson Crusoé. Sophie a eu la bonne idée de mettre mon appareil photo dans ma valise, et je suis plus que prête à m’en servir.

Nous randonnons dans les bois. J’ai l’impression que chaque pas que nous faisons nous rapproche l’un de l’autre alors que nous marchons dans la même direction. Nous pique-niquons à l’ombre des sapins, sous le chant joyeux des mésanges.

— Qu’est-ce que tu voudrais faire, maintenant ?

Un brin de nostalgie me noue l’estomac.

— Des photos.

— OK. Tu es triste ?

Je secoue la tête.

— Je pensais à mon père. J'avais fait mon premier safari-photo avec lui.

— Où ça ? Tu étais allée en Afrique ?

Je ris.

— Non. Mon père était malade, il n'aurait jamais pu voyager.

Mes yeux s'embuent de larmes quand je pense à lui. C'est étrange, parce que cela ne m'était pas arrivé de pleurer pour lui depuis que j'ai atteint l'âge adulte. L'âge auquel j'ai estimé qu'il était temps de verrouiller tout sentiment. Ma rencontre avec Lao Hu, Dan Gao, et aussi, avec ces chats, a peut-être fissuré cette barrière que j'avais construite autour de moi. J'ai moins de pudeur à partager ce que je ressens.

— Mon père souffrait d'insuffisance rénale. Il a passé le plus clair de son temps branché à une machine pour être dyalisé. Mais lorsqu'il se sentait en forme, nous adorions faire des safaris-photos ensemble. Nous nous posions quelque part dans la région et nous attendions que les animaux s'approchent pour les prendre en photo.

Lao Hu acquiesce. Sur son visage, je vois qu'il est touché. Il compatit et me comprend. Peut-être mes mots font-ils écho en lui. C'est vrai que son passé demeure un mystère pour moi.

— C'est une bonne technique, bien moins intrusive que celle qui consiste à les traquer.

— Oui. Il suffit de se poser dans un coin qu'ils fréquentent habituellement. Ils finissent toujours par venir et là, on peut les photographier sans les déranger.

— C'est une idée géniale, on essaie ?

Je lui fais les yeux ronds.

— Tu veux rire ?

— Oui, je suis toujours prêt pour une bonne partie de rigolade. Mais là tout de suite, je préférerais mettre ton idée à exécution.

— Mais non, on ne peut pas. Ça prend un temps fou !

— Et alors ? Du temps, on en a. L'appareil photo, nous l'avons. Qu'est-ce qui nous manque ?

Son regard me sonde.

— Euh… la patience !

Il s'esclaffe.

— Ah ça, c'est tout un art ! Mais la bonne nouvelle, c'est que ça s'apprend. Si on essayait ensemble ?

Voilà quatre heures que nous attendons dissimulés derrière les branchages, près d'un point d'eau, qu'un animal apparaisse. J'ai vu des oiseaux. J'ai pris d'excellentes photos. Mais j'attends de capturer l'image unique, celle qui se démarque, celle que l'on n'oublie pas.

— Si tu en as marre, on arrête.

— Pourquoi est-ce que tu as aussi peur de m'ennuyer ? Je suis ici de mon propre chef, Sélina. J'ai envie de partager cette expérience avec toi.

— Et si tu étais déçu ? Si on n'apercevait ni lynx ni loup ni la moindre bestiole digne d'intérêt ?

— Alors, je me contenterais simplement de ces quelques instants avec toi. J'ai ri. J'ai mangé. J'ai passé ce temps en bonne compagnie. Que pourrais-je vouloir d'autre ?

Allongée sur le sol, mon appareil photo posé non loin, je roule sur le côté pour embrasser Lao Hu. Pile-poil au moment où j'ai prévu de ravir ses lèvres, un bruissement dans les branchages attire mon attention.

— C'était quoi, ça ?

— Un animal. Et un gros, si j'en crois le bruit, chuchoté-je en m'emparant de mon appareil photo.

Mes mains tremblent légèrement d'émotion. Le cadre est idéal. Un ruisseau paisible, une clairière verdoyante… Il suffira que le loup sorte des bois pour que l'instant soit parfait.

Mon cœur s'emballe un peu plus chaque seconde. Les bruits de pas approchent. Je m'accorde une seconde pour me tourner vers Lao Hu.

Je reviens à ma prairie, les mains moites d'appréhension. Fébrile, j'appuie sur le bouton pour prendre ma photo juste à l'instant où je perçois du mouvement. Dans mon objectif, ce n'est pas un loup ni un lynx qui se dirige vers l'eau, mais un homme entièrement nu qui court vers les eaux froides du ruisseau, le visage dissimulé sous un masque de licorne. Machinalement, je prends des dizaines de photos, toutes plus délirantes les unes que les autres, secouée par un fou rire qui n'en finit pas.

Je pose mes yeux ébahis sur Lao Hu, qui rit aux éclats.

— C'était quoi, ça ? me demande-t-il.

Plongée dans mes prises, je ne réponds pas tout de suite.

— Je n'en sais rien, mais cet inconnu loufoque m'a permis de capturer ma meilleure photo.

Je lui montre celle où notre licorne humanoïde rompt notre quiétude de manière détonante en trottinant dans la prairie. Un peu plus loin, trois daims l'observent, aussi interloqués que nous.

— Peut-être parce que les meilleurs moments surviennent lorsqu'on attend autre chose.

Lorsque Einstein a mis en évidence la théorie de la relativité, il ne cherchait pas une grande invention. Il travaillait au bureau des brevets. En analysant les contenus de ces documents, il a réalisé que l'on pouvait obtenir des résultats justes à partir de données disparates. C'est en remplissant une tâche presque anodine qu'il a fait l'une des plus grandes découvertes de l'humanité. Mon cas à moi est moins épatant, mais il n'en reste pas moins significatif de cette vision des choses. Je me suis rendue à *La Souplesse du Chat* en cherchant du Wi-Fi. Je n'y ai pas seulement trouvé un confident, un parfait petit ami. Je me suis trouvée, moi.

Le soleil a fini par se coucher et nous sommes rentrés à notre cabane, de belles prises dans mon appareil photo et des souvenirs inoubliables plein la tête. À la tombée de la nuit, le loup est sorti du bois comme moi, je suis sortie de ma coquille. Nous nous sommes aimés, bercés par ce chant vieux comme le monde que les loups réservent à la Lune.

C'est au moment où les montagnes cèdent leur place à la plaine sur le trajet de retour que je me décide à allumer mon téléphone.

— Alors, pas trop dur de se déconnecter d'Internet l'espace de quarante-huit heures ?

Je secoue la tête, le cœur débordant après cet interlude amoureux.

— Tu sais quoi ? Je pense qu'on devrait le faire plus souvent. En me débarrassant du superflu, j'ai trouvé quelque chose.

— Quoi ?

— Moi. Je me suis trouvée.

Chapitre 13

Un chat fera ce qu'il veut quand il veut,
et on ne peut rien y faire.

Frank Perkins

Aujourd'hui, je ne travaille pas. Enfin, pas exactement. C'est mon premier jour de repos – hors week-end et jours fériés – depuis des années.

— Tu as vraiment posé un congé ? s'étonne Lao Hu en m'apportant une tasse de thé.

J'accepte sa boisson et le remercie avant de me pencher en arrière pour lui couler un regard surpris.

— Pourquoi cette question ?

Il se mord la lèvre, ce qui me donne envie de l'embrasser. Passé trente ans, on n'est pas censés avoir les hormones qui se tassent ? J'ai l'impression de retrouver la folle ébullition de l'adolescence.

— Sophie m'a dit que tu n'avais pas posé de congé depuis des années, alors cette initiative m'a surpris, venant de toi.

Je lui rends son sourire.

— Pour tout te dire, je n'en suis pas à l'origine. Mon chef a décidé de nous accorder deux jours de repos pour nous remercier. Les chiffres de Matuvu n'ont jamais été aussi bons.

— C'est une excellente nouvelle ! Tu dois être aux anges, avec tout le mal que tu te donnes. Voilà qui va te pousser à t'investir davantage.

Je ne lui dis pas que ce n'est pas le cas. Même si j'ai un peu baissé le rythme en accord avec tout ce que j'ai appris à *La Souplesse du Chat*, je travaille toujours trop par rapport à ce qu'il faudrait. Et pourquoi ? Je ne le sais même pas. Pour avoir un bon salaire, bien sûr. Pour satisfaire mon patron, qui le mérite amplement après ma bourde avec les vitres. Mais ça s'arrête là. Que je m'occupe de mettre en valeur une boîte qui fabrique des saucisses ou une firme pharmaceutique, ça revient au même pour moi. Je m'ennuie. Je m'ennuie terriblement. Je remplis ma tâche comme un automate sans réellement porter attention à ce que je fais. Comment le pourrais-je ? Ce sont des projets qui ne me parlent pas. Je fais ce que j'ai à faire, un point c'est tout.

Après avoir vidé ma tasse de thé, je me change les idées en m'occupant du site de *La Souplesse du Chat*. Je l'ai pratiquement terminé.

— Tu veux jeter un coup d'œil ?

— Je m'occupe de la table d'à côté et j'arrive.

Je hoche la tête et profite de cette parenthèse pour peaufiner mes dernières images. Lorsqu'il s'installe à mes côtés pour inspecter mon travail, je peine à masquer ma nervosité. Et si ça ne lui plaisait pas ? Au boulot, j'accepte la critique. Peut-être parce que justement, lorsque je me borne à mettre en valeur une commande pour un produit qui ne me parle pas, je ne m'engage pas à titre personnel. Alors qu'ici, à *La Souplesse du Chat*, c'est mon âme que j'implique.

Lao Hu ne dit rien. Son silence est encore plus dur à accepter que les reproches.

— Tu n'aimes pas, c'est ça ? Tu sais, tu as le droit de me le dire, ça ne va pas me tuer. Je peux entendre tous tes commentaires constructifs. Même un avis totalement idiot, tu aurais le droit de l'exprimer. C'est pour ton bar à chats, après tout. Si tu n'aimes pas, j'efface tout. Allez, je supprime.

Je pose un index tremblant sur la touche « suppr », prête à mettre mes paroles à exécution. Je l'ai déjà fait, au travail. Effacer des heures, des jours de besogne parce que le résultat ne plaisait pas au client. Alors pourquoi est-ce que cette fois, j'ai l'impression d'avoir le cœur dans un étau ?

Juste au moment où je suis sur le point de commettre l'irréparable, les doigts de Lao Hu s'enroulent autour de mon index menaçant. Sa main libre vient se glisser autour de ma nuque et il m'attire à lui pour un instant de tendresse qui me fait momentanément oublier mon agitation mentale.

— Tu es toujours aussi stressée pour tes projets ?

— Non, heureusement. Sinon, ce serait invivable au boulot.

Je ponctue ma réplique d'un sourire rassurant.

— Pourquoi est-ce que celui-ci t'angoisse tant ? C'est à cause de moi ?

Je m'accorde le temps de réfléchir.

— Je ne pense pas, même si ton avis compte pour moi.

— Pourquoi ?

J'inspire profondément.

— Parce que je suis impliquée. Parce que j'aime ce que je fais, avec *La Souplesse du Chat*.

— Et pas au boulot ? Tu n'apprécies pas ce que tu fais à longueur de journée ?

— Mettre une saucisse en valeur ? Non, pas particulièrement.

Je lui souris à nouveau, mais il ne me rend pas mon sourire.

— Alors, pourquoi est-ce que tu le fais ?

J'éclate d'un rire sans joie.

— Mais, parce qu'il faut bien payer ses factures. Tout le monde n'est pas né avec une cuillère en argent dans la bouche qui lui permet de faire ce qu'il veut, comme il veut. Figure-toi qu'après le décès de mon père ma famille et moi, nous avons connu des difficultés financières. Je me suis promis de ne plus jamais galérer avec l'argent. Même si, pour cela, je dois faire un boulot qui ne m'enchante pas. C'est la vie !

J'ai conscience qu'il ne pense pas à mal, mais je le prends comme une attaque personnelle. Si ses yeux ne reflètent pas de colère, les lignes de sa bouche et la contraction de sa mâchoire dénotent une attitude ferme.

— Moi non plus, je ne suis pas né avec une cuillère en argent dans la bouche. Loin de là.

Je croise les bras sur ma poitrine, prête à admettre mes torts sans toutefois accepter ses propos.

— Excuse-moi, j'aurais dû m'en douter. J'apprécie tes conseils, Lao Hu. Mais je ne permettrai à personne de me dicter ma conduite.

— Et tu as entièrement raison.

Nous nous défions quelques instants du regard, chacun campant sur ses positions. En moi gronde une colère que je perçois déjà comme injustifiée. Lui, il reste bienveillant, mais stoïque. C'est l'un de nos premiers désaccords de couple, et ce genre de conflit réveille en moi des échos désagréables. Avec Jérôme, nous ne connaissions jamais de dispute. Je taisais mon avis pour me ranger au sien. Toujours. J'allais jusqu'à me convaincre que j'avais tort pour m'épargner la moindre vague. À quoi est-ce que cela m'a menée ? À rien, puisqu'il m'a quittée quand même. Et cela m'a pris des mois pour réapprendre à me connaître. Aussi, je reste vigilante.

— Tout ce que je dis, c'est que je pense que tu peux prendre le temps d'examiner toutes les possibilités qui s'offrent à toi, Sélina. Parce qu'on n'a qu'une vie et…

Son téléphone l'empêche de continuer plus loin. Je suis plutôt étonnée parce qu'il est rare qu'il laisse le virtuel interrompre le réel. Il s'empare de l'appareil tout en m'offrant un sourire désolé avant de partir s'isoler.

J'ai beau être un peu fâchée avec lui, lorsqu'il revient en salle en affichant une mine inquiète, je ne peux pas m'empêcher de me lever pour prendre de ses nouvelles. Est-ce que je préférais être comme avant, sourde aux besoins des autres ? Parfois, je me le demande.

J'attends qu'il ait fini de servir une table pour lui poser mes questions.

— Tout va bien ?

— Pas vraiment, non. C'était le vétérinaire.

Craignant une mauvaise nouvelle, je jette un rapide coup d'œil autour de moi pour m'assurer qu'aucun des protégés du bar ne manque à l'appel. Ils sont tous là.

— Qu'est-ce qu'il voulait ?

— Me rappeler que j'ai rendez-vous pour Kitty dans une heure. Il me connaît et sait qu'il m'arrive d'être un peu tête en l'air, c'est pourquoi il s'est permis de m'appeler. Je n'ai plus qu'à fermer boutique pour quelques heures, mais ça m'embête de mettre les clients dehors.

— Je peux m'en occuper, si tu veux.

Il me jette un regard à la fois interloqué et touché.

— Non, tu ne peux pas.

Je fronce les sourcils et lui barre le passage.

— Si, je peux. Tu crois franchement que je ne suis pas capable de prendre un chat et de l'emmener chez le vétérinaire ?

— Bien sûr. Un chat lambda. Mais pas Kitty.

Je me tourne pour observer la jolie chatte blanche aux yeux vairons qui somnole sur un coussin rose à côté d'une grand-mère buvant son thé. C'est le félin le plus calme du café. Le préféré des enfants et des personnes âgées. Pourquoi est-ce que Lao Hu prétend que je n'arriverai pas à transporter cette petite princesse ? Les poings vissés sur mes hanches, je prends ça comme un défi personnel.

— Kitty est une fleur délicate jusqu'au bout des griffes. Je ne vais certainement pas te laisser fermer le local et virer les clients alors que je peux gérer seule.

Lao Hu finit par capituler.

— OK. Je te prépare une armure.

De surprise, j'écarquille des yeux ronds comme des soucoupes.

Il nous a fallu pas moins de trente minutes, un paquet de friandises spécial chaton, trois jouets et toute notre patience pour réussir à faire entrer le fauve dans la boîte de transport. Dans l'effort, je pense avoir perdu près de mille calories. D'ailleurs, j'ai failli perdre un doigt tant la petite boule de poils m'a griffée profondément. J'exagère à peine !

Dan Gao, cette brute sans cœur, me désinfecte au *baïjiu*, un alcool de riz chinois. Ça fait un mal de chien, mais je suis sûre que c'est efficace. Une fois soignée, Lao Hu me tend le carnet de santé du monstre ronronnant.

— Tu peux toujours te mettre du papier journal et du scotch autour des bras en guise de protection, suggère la pâtissière.

Face à nos mines déconfites, elle hausse les épaules.

— Ben quoi ? J'ai vu ça dans une série.

— Oui. Dans *The Walking Dead*[1]. Kitty n'est pas un zombie, proteste le propriétaire de l'animal.

— En effet, je ne pense pas que neutraliser son cerveau félin suffise à la calmer, réplique la grand-mère.

Dan Gao s'esclaffe. Lao Hu la suit un peu plus tard, puis redevient sérieux en posant ses mains sur mes épaules.

— Si tu veux, je peux y aller à ta place. Au pire, tu me remplaces ici. Tu t'en es bien tirée la dernière fois.

Je secoue la tête.

— C'est peut-être téméraire de ma part, mais je sens qu'il faut que je m'en occupe moi-même.

Il opine, puis me laisse partir.

Dans la salle d'attente, Kitty feule comme une forcenée. Elle crache, grogne, miaule, effrayant aussi bien les animaux que les humains qui patientent dans cet espace clos. Qu'est-ce qui peut bien l'angoisser à ce point ?

---

1. Série américaine où l'on suit un groupe de survivants tentant d'échapper à des zombies après une apocalypse.

La porte de la salle de consultation s'ouvre. Le vétérinaire raccompagne une cliente dans le couloir. C'est un homme jeune au sourire et à l'attitude rassurants.

— Le problème avec les morsures de chat, c'est que comme les crocs sont très pointus, on ne les aperçoit pas forcément, dit-il à une patiente.

— Ben oui, lui répond la propriétaire de l'animal devant le comptoir. Dans les poils on n'a rien vu.

— C'est normal. Mais si on ne les détecte pas, les bactéries se développent, ça forme un abcès qui gonfle, qui fait mal à votre chat, et on ne s'en aperçoit que quand il crève…

Un silence pesant se fait dans la pièce. Même Kitty a arrêté de s'agiter. Je le trouve un peu brut de décoffrage, ce vétérinaire, pour parler ainsi de la mort d'un animal.

— L'abcès, pas le chat ! finit-il par compléter face au regard choqué de sa cliente.

Chacun pousse un soupir rassuré. Il n'est pas si horrible que ça, le véto.

Lorsque la secrétaire appelle Lao Hu, je me matérialise devant son bureau. Elle me coule un regard surpris, sans doute déroutée par le manque total de ressemblance entre le tenancier de *La Souplesse du Chat* et moi.

— Il n'a pas pu se libérer, mais j'ai amené Kitty, sa protégée.

Entendant son prénom, le chat gigote si fort que la boîte de transport manque de me tomber des mains. Mon sourire faussement serein contraste avec les hurlements de la boule de poils.

— C'est très courageux de votre part, me félicite la secrétaire avec sérieux.

Euh, d'accord…

Le vétérinaire arrive quelques instants plus tard. Son visage pépère perd un peu de son assurance en avisant le contenu de ma boîte de transport.

— Martha ! Pourquoi est-ce que tu ne m'as pas rappelé qu'il y avait un code rouge ?

— Un code rouge ? Qu'est-ce que c'est ?

Dans ma tête, ça sonne un peu comme une alerte à la bombe atomique ou à la collision planétaire avec un astéroïde.

— Rien qui doive vous alerter, madame, fait-il en apposant une main apaisante sur mon épaule. Simplement, certains animaux ont des besoins spécifiques qu'il nous faut prendre en compte pour éviter les catastrophes.

— Des besoins spécifiques ? J'espère qu'il ne s'agit pas de chair ou de sang humains !

Vu les miaulements frénétiques de la bête, ce serait encore possible.

Le vétérinaire me répond par un sourire qui se veut rassurant, puis me fait signe de le suivre, ce que je fais sous l'œil médusé des autres clients.

— Posez la boîte sur la table d'examen, s'il vous plaît.

J'obéis, toujours sur mes gardes.

— Maintenant, parlez-lui et ouvrez la cage.

— Je ne risque pas de perdre un doigt au passage ?

— Pas si vous respectez son rythme.

Mes mains tremblent légèrement lorsque je déverrouille la grille protectrice. L'animal crie plus fort.

— Tout va bien se passer, Kitty. Le vétérinaire va juste te piquer avec sa seringue.

Je me tourne vers l'homme en blouse blanche qui me décoche un sourire amusé.

— En fait, je ferais mieux de me taire.

Le Dr Ndong secoue la tête.

— Ne vous inquiétez pas. Les chats ne comprennent pas la plupart de nos mots, mais ils captent notre état d'esprit et nos émotions lorsqu'on s'adresse à eux, ils reconnaissent nos voix. S'il vous perçoit comme quelqu'un de positif dans sa vie, votre timbre l'apaisera, j'en suis certain.

— D'accord.

Alors qu'il approche la main, Kitty feule en montrant ses crocs. Le vétérinaire la retire aussitôt.

— Elle a encore besoin d'un peu de temps.

— Qu'est-ce qu'il lui arrive ?

— Est-ce que vous connaissez le syndrome du tigre ?

— Pas du tout.

— Certains chats peuvent être très doux avec leur maître et soudain, ils se transforment en fauves sans que l'on comprenne pourquoi. Ils griffent, grognent et peuvent devenir violents.

— Qu'est-ce qu'il faut faire, dans ce cas ?

— D'abord, on essaie d'identifier ce qui déclenche les crises. Dans le cas de Kitty, c'est une sorte de réaction liée à un événement traumatisant en lien avec l'extérieur. Dès qu'elle quitte *La Souplesse du Chat*, elle panique et se transforme en fauve.

Je baisse les yeux sur l'animal apeuré. Je peine à reconnaître la princesse précieuse qui reçoit tant de caresses.

— Je comprends. Mais il faut bien qu'elle sorte pour que vous puissiez lui faire ses vaccins.

— Effectivement.

— Qu'est-ce qu'on peut faire d'autre ?

— Surtout, ne jamais la forcer. La laisser faire les choses à son rythme. Autrement, on augmente son traumatisme. La rassurer, prendre le temps pour elle… vous verrez, c'est un peu plus long qu'une consultation habituelle, mais la bienveillance porte ses fruits. Toujours.

Je hoche la tête, convaincue par ses paroles.

— Enfin, la bienveillance et une friandise, ajoute-t-il en disposant une croquette devant la boîte ouverte.

Kitty remarque la croquette. Ses babines se mettent à frémir. Elle nous observe puis fixe sa friandise pendant un temps indéfini. Elle fait un pas en avant, s'arrête, poursuit son chemin vers l'extérieur… jusqu'à sortir complètement. Encore sur ses gardes, elle dévore cette croquette qu'elle a tant méritée. Je ne saurais expliquer l'émotion qui m'étreint en constatant qu'elle a momentanément vaincu ses peurs.

— Un chat ne fait jamais que ce qu'il veut, m'explique le Dr Ndong. Aller à l'encontre de sa nature, c'est le brusquer. C'est mauvais pour lui, et c'est mauvais pour nous, car la confiance est rompue. Vous voyez, avec de l'audace, du temps et de la patience, on parvient à ses fins… la plupart du temps.

De retour au café, Lao Hu nous accueille comme les combattantes que nous sommes. Kitty s'ébroue en sortant de la boîte et va immédiatement s'asseoir à sa place habituelle, près d'une dame âgée. Après avoir longuement lavé sa robe blanche de princesse, la chatte la plus élégante – mais aussi la plus coriace – s'endort d'un sommeil profond, comme si elle avait déjà oublié le combat qu'elle a mené un peu plus tôt contre ses propres peurs.

Pour me remercier, Lao Hu me prépare un thé avec une petite galette de soja. Le sucre ayant toujours un effet apaisant sur moi, ma langue se délie et je lui raconte comment s'est passée la visite chez le vétérinaire, mettant de côté les griefs que j'ai encore contre lui.

— C'est pour ça que j'aime bien le Dr Ndong. Il sait prendre le temps, me répond-il.

— Il a aussi dit qu'un chat ne fait jamais que ce qu'il veut.

— C'est le cas. D'ailleurs, nous devrions tous nous en inspirer.

J'éclate d'un rire sans joie.

— C'est ça ! Si c'était le cas, je me nourrirais exclusivement de galettes au soja et je ressemblerais à une baleine. Je ne travaillerais pas. D'ailleurs, je pense qu'il n'y aurait plus personne au boulot, ni chez Matuvu ni ailleurs. Il n'y aurait plus de médecins, plus de professeurs, et notre monde partirait à vau-l'eau.

Sûre de ma théorie, j'offre un sourire triomphant à Lao Hu, qui, bien sûr, ne se laisse pas démonter.

— Pour moi, il ne s'agit pas que de faire uniquement ce que l'on aime, mais de trouver quelque chose à aimer dans tout ce que l'on fait.

Je lève un regard étonné sur lui.

— Comment cela ?

— Par exemple, j'ai horreur de nettoyer mon local, mais j'ai envie que les gens qui viennent ici se sentent bien. Il s'agit de trouver son équilibre.

— Est-ce qu'on peut le trouver, quoi que l'on fasse ?

— Je n'aimerais pas servir des boissons et de la nourriture dans un cadre qui ne me laisserait pas l'occasion de discuter et d'écouter mes clients parce que pour moi, il ne s'agit pas de nourrir uniquement leurs estomacs, mais aussi leurs âmes.

Ses mots me parlent, bien plus que je ne l'aurais cru.

— Si tu arrives à trouver suffisamment de points à aimer dans ce que tu fais, alors c'est bon. Si ce n'est pas le cas, je pense qu'il faut se pencher sur la question. Parfois, quelques agencements suffisent. Et parfois, il faut tout changer.

Je prends le temps de réfléchir à ses paroles. J'y songe encore quelques jours plus tard, sur le chemin de retour vers la maison, alors que j'ai planché toute la journée sur le dossier de cette entreprise leader dans la fabrication de saucisses. Est-ce que j'aime ce que je fais ? La réponse n'est pas simple. J'adore la photo. Pour moi, essayer de capturer ce qu'un animal, une personne ou un objet ont de particulier relève de la passion. Ensuite, j'aime aider les boîtes à améliorer leur image… uniquement si le projet me parle. J'ai pris beaucoup de plaisir à m'occuper de l'association de protection animale de Lao Hu. Sans parler du site de *La Souplesse du Chat*. J'ai aussi apprécié d'aider Samsara. Ou d'autres entreprises avec lesquelles j'ai travaillé pour Matuvu, mais pas de la manière que mon employeur m'impose. J'ai besoin de liberté pour exercer ma créativité et apporter ce que j'ai de meilleur aux firmes qui font appel à mes modestes talents. Pour être efficace, je dois être épanouie. Et chez Matuvu, je ne le suis pas. Plus cette assertion prend de place dans ma tête et plus ma panique gonfle. Sans que je comprenne comment, je me retrouve garée devant chez ma mère. Je ne sais pas pourquoi j'ai fait ça. Elle n'a jamais été particulièrement à l'écoute avec moi. Plutôt que de suivre cet instinct primaire qui m'a conduite ici, je me prépare à faire demi-tour. Juste à cet instant, ma mère toque à ma vitre. Chargée de deux sacs de courses, elle me fixe avec étonnement. Je baisse la vitre.

— Salut.

— Salut.

Nous restons là comme deux imbéciles. La communication n'a jamais été notre fort. Je décide de rompre le silence.

— Tu veux que je t'aide à porter tes courses ?

Elle paraît étonnée. C'est vrai qu'avec elle je prends rarement ce genre d'initiative.

— Euh, oui, merci.

Je sors de ma voiture et m'empare d'un de ses sacs. Bon sang, il pèse une tonne.

— Tu as acheté tout le magasin, dis donc !

— C'est pour ta sœur. Elle aimerait que je prépare des empanadas pour sa célébration de prémariage.

L'horreur ! J'avais complètement effacé cet événement de ma mémoire ! C'est étrange que pour une fois, ma sœur ne soit pas revenue vers moi pour solliciter mon aide. Peut-être a-t-elle fini par comprendre qu'elle m'en demandait trop.

Je ne reproche pas à ma mère le fait d'avoir accepté de cuisiner pour cette fête alors qu'elle a été opérée des poignets il y a peu. À la place, je lui propose mon soutien.

— Tu dois les faire quand ? Ce soir ?

Elle acquiesce.

— OK. Je t'aiderai à préparer ces spécialités espagnoles.

Encore une fois, mon comportement nous surprend toutes les deux.

— Tu as changé.

— En bien, j'espère.

Elle ne répond pas. À la place, elle dépose un couteau et une planche sur le plan de travail et m'invite à la rejoindre.

— Tu te sens capable d'éplucher et de couper dix kilos de tomates ?

— Bien sûr. Toi, en revanche, tu devrais te reposer. Le médecin t'a demandé de ménager tes poignets, non ?

— Depuis quand est-ce qu'on écoute les conseils, nous ?

— Depuis que certains avis nous sont donnés avec le cœur, répliqué-je du tac au tac.

Elle me sourit et se saisit de l'énorme marmite qu'elle remplit d'eau avant de la mettre à chauffer pour faire des œufs durs. Je la vois qui joue avec ses doigts, mal à l'aise, avant de poser un regard étrange sur moi. Entre elle et moi, ça n'a jamais été simple.

— Tout se passe bien pour toi, Sélina ?

— Oui. Figure-toi que j'ai rencontré quelqu'un. Tu as enfin de quoi être fière de moi.

Son sourire se crispe. Je vois bien qu'elle cherche à poursuivre cette conversation sur un ton léger.

— C'est le propriétaire de *La Paresse du Chat* ?

— *La Souplesse du Chat*, oui. Les nouvelles vont vite, à ce que je vois.

— C'est une petite ville, oppose-t-elle en guise d'excuses.

J'ai le temps de réduire en charpie trois tomates avant qu'elle poursuive.

— Tu es heureuse ?

C'est une question très personnelle qui ne ressemble en rien aux banalités que nous échangeons habituellement.

— Euh… Lao Hu est quelqu'un de très gentil. Il est vraiment attentif à mon bien-être. Il veille sur moi, me guide… et grâce à lui, j'ai un chat, tiens. Enfin, pour le moment. Il est voué à partir. Le chat, pas Lao Hu.

Je patauge. Comment est-ce qu'elles font, les autres filles, avec leur mère ?

— Je suis ravie de l'apprendre, Sélina. Vraiment. Mais ce n'est pas ce que je t'ai demandé. Est-ce que tu es heureuse ?

Son insistance me prend tellement au dépourvu que je finis par craquer. Le regard bloqué sur mes tomates, je lui raconte ce que j'ai sur le cœur sans rien lui épargner. J'évoque mon ennui profond au travail. Mon plaisir à aider de jeunes entreprises, ou à m'embarquer dans des projets qui me tiennent à cœur.

— Qu'est-ce qui te fait si peur ?

— Eh bien, les agences de publicité comme Matuvu ont plutôt tendance à embaucher des jeunes qui viennent de sortir de l'école, de la fac. Moi…

Sa réaction me désarçonne : Elle rit.

— Mais, tu n'es pas vieille, d'abord. Et puis, pourquoi est-ce que tu ne créerais pas ta propre agence ?

— Moi ?

Je suis tellement étonnée que je ne suis pas sûre d'avoir bien entendu.

— Tu es tellement talentueuse, Sélina. Tu crois que je n'ai pas suivi ton affaire avec Samsara et l'acteur de films porno ?

Je rougis.

— Petite, tu avais déjà cette capacité à voir la beauté cachée en toute chose. Ça me rendait dingue, à l'époque. Je l'ai compris le jour où tu as rapporté ce bout de plastique à la maison parce que selon toi, il avait la couleur de la mer. J'ai tellement galéré pour te le faire jeter à la poubelle ! Mais ça m'a permis de comprendre que tu étais faite d'une étoffe différente. Différente, mais précieuse.

Je lui souris malgré mon nœud dans la gorge. Je ne l'ai jamais oublié, ce morceau de plastique.

— Tu savais défendre ce en quoi tu croyais, jusqu'à ce que mon indifférence finisse par te décourager, mais je vois que tu as fini par retrouver ce trait de caractère, et j'en suis heureuse. Tu avais aussi cette facilité à te retourner en cas de coup dur. Je n'aurais pas dû, mais c'est sur ta force que je me suis appuyée après le décès de papa. Et tu es une fille tellement forte, aujourd'hui… Je… je n'ai pas toujours été une mère parfaite. Je ne vais pas le devenir du jour au lendemain. Mais j'aimerais au moins ne plus t'empoisonner la vie.

Je ne peux pas cacher mon étonnement.

— Pourquoi ce revirement ?

— Tu es venue vers moi.

La méfiance se mêle à mon étonnement.

— Ça ne peut pas être que ça. Tu as toujours privilégié ma sœur sans manifester le moindre remords et maintenant, tu fais mine de te soucier de moi ?

— Tu as raison, ce n'est pas tout. Comme toi, j'ai rencontré quelqu'un qui me fait voir les choses différemment. Et tu es revenue vers moi, tu m'as offert une chance. Je ne veux pas la gâcher.

Ça fait beaucoup d'informations à digérer en un si petit laps de temps, tellement que j'en ai le tournis. Quels que soient les liens du sang qui nous unissent à quelqu'un, on n'efface pas le poids des années d'un coup d'éponge. Mais si j'ai appris une chose ces derniers temps, c'est qu'il ne faut pas refermer une porte qui vient de s'ouvrir. Les chats n'aiment-ils pas rester des minutes entières devant une porte, indécis, à se demander s'ils doivent entrer ou sortir ? De la même manière, je ne fermerai pas la porte à ma mère, même s'il va de soi que je ne vais pas devenir copine avec elle d'un coup de baguette magique.

Quant à ses mots, je ne sais pas vraiment comment les prendre. Dans tous les cas, ils sont aussi synonymes d'ouverture, et l'idée de devenir ma propre patronne m'effraie autant qu'elle m'attire. Si je me laissais une chance ?

Chapitre 14

Le chat est comme la sauce bolognaise.
Il retombe toujours sur ses pattes.
Philippe Geluck

Trois mois se sont écoulés depuis ma discussion avec ma mère. Discussion qui a fait des émules. Dès le lendemain, je suis retournée chez elle. J'avais besoin d'y voir plus clair. Puis le surlendemain, et encore plein d'autres jours. Elle a fini par nous inviter, Lao Hu et moi. Une première fois avec ma sœur, qui comme d'habitude a été odieusement intrusive, puis d'autres fois sans elle. Ça s'est plutôt bien passé. Cette sensation étrange que j'éprouve quand je me rends chez ma mère est toujours présente, mais elle va en s'estompant. Peut-être qu'un jour les choses deviendront saines et normales entre elle et moi. Pas aujourd'hui. Pas demain. Mais je reste convaincue que les choses changent. En bien.

Je pousse la porte de Matuvu d'un coup d'épaule, mes mains étant accaparées par une boîte contenant des douceurs. En passant dans l'open space, je salue mes collègues. Myriam, du service compta. Loïc, des ressources humaines. L'indétrônable Guy, mon geek préféré, puis bien sûr Carole. Si elle ne m'avait pas serrée dans les bras, on aurait pu croire à une journée normale. Mais ce n'est pas le cas.

Après avoir partagé un café convivial avec mes collègues, je me penche sur mon dossier en cours, destiné à une entreprise spécialisée dans la vente de gadgets. Je m'en occupe comme si ce n'était pas mon dernier jour, alors que c'est le cas. Je ne franchirai plus jamais les portes de Matuvu. Il m'a fallu une semaine pour savoir exactement ce que je voulais : devenir indépendante et créer ma propre boîte. Une de plus pour l'accepter, puis encore une pour réunir le courage nécessaire à me lancer. Le plus dur a été de présenter ma démission à Albert. Il m'avait offert une chance de me rattraper après mon énorme boulette, et moi je le quittais pour devenir sa concurrente. Contrairement à ce que j'avais supposé, il a bien pris ma démission, alléguant qu'il s'y attendait. Que je n'avais jamais réellement été à ma place au sein de Matuvu. Il m'a proposé une collaboration entre son entreprise et la mienne, le temps que je trouve mes marques. Cela m'a rassurée, car l'inconnu m'effraie. Me retrouver sans le sou, comme ma mère peu après le décès de mon père, me terrorise. Même si je sais que je ne suis pas dans la même situation, puisque je peux au moins compter sur Sophie ne serait-ce que pour le logement. Je me suis démenée pour trouver des aides. J'ai déposé un dossier auprès de l'État afin d'obtenir une subvention pour la création de mon entreprise. Si je parviens à convaincre le bureaucrate qui s'occupera de mon projet, tout ira bien.

Mais pour l'heure, le temps est à la fête. Ma dernière journée de travail touche à sa fin et je tiens à ce qu'elle se termine dans la bonne humeur. Jamais je n'aurais pensé que mon départ affecterait autant de gens, moi qui quelques mois plus tôt me fondais dans la masse. Pourtant, aujourd'hui, je sais que certains des collègues avec qui je trinque me manqueront. Comme quoi, c'est en s'ouvrant qu'on découvre le monde.

Je rentre directement chez moi après mon pot de départ, fatiguée, mais souriante. Je retrouverai Lao Hu après le dîner. Sophie est déjà rentrée. Ou déjà partie. Avec ses horaires, on ne sait jamais. En tout cas, elle a laissé le courrier sur la table du salon. Au milieu des factures et des prospectus, je distingue une lettre de Paris. Elle émane du bureau qui a traité ma demande de financement pour mon entreprise. L'attente est finie, je vais pouvoir passer aux choses sérieuses ! Je pousse un soupir soulagé, me rends à la cuisine pour me servir un verre d'eau, puis m'installe à table pour ouvrir ma lettre. Mon sourire se fane à mesure que je parcours les lignes. Lorsque j'ai fini ma lecture, la colère gronde en moi comme une rivière déchaînée. Je la relis une fois de plus au cas où je me serais trompée, mais ce n'est pas le cas. Tout est très clair, au contraire. Je viens de la lire pour la troisième fois lorsque la sonnette retentit. Il ne me faut pas dix secondes pour atteindre la porte. Il faut croire que la colère me donne des ailes.

Lao Hu sourit, jusqu'à ce qu'il découvre mon expression.

— Tout va bien, Sélina ?

Je ne réponds pas. À la place, je l'invite à entrer. Mes muscles sont tellement tendus que j'ai l'impression de me déplacer de manière aussi maladroite qu'un robot.

— Tu as reçu ta lettre ? demande-t-il en avisant l'enveloppe.

— Lis-la.

Je ne reconnais pas ma voix, froide comme du métal. Je détourne les yeux, lui laissant le temps de terminer sa lecture.

— Je suis désolé, Sélina. Je…

— Désolé ? Tu m'as fait avaler que c'était possible, et moi, j'ai voulu croire que, pour une fois, tout allait bien se passer. Que je pouvais le faire et arrêter de redouter l'avenir. Et regarde où ça m'a menée. J'ai démissionné. À partir de demain, je n'ai plus de travail. Et je n'ai pas de financement. Pas encore de clients. Je vais me casser la gueule, Lao Hu !

Il secoue la tête, déterminé.

— Je ne t'ai pas fait croire que c'était possible. Je t'ai montré que tu en étais capable, ce qui est parfaitement vrai. Tu en es capable, Sélina !

— Mais non ! J'ai tout fait dans les clous, et pourtant, je me suis plantée.

— Il est trop tôt pour savoir si tu t'es plantée ou pas. Et quand je te dis que tu peux le faire, je le pense réellement. Mais cela ne veut pas dire que ce sera facile. Si tu baisses les bras au premier obstacle…

J'inspire à fond pour tenter de me calmer. Me fâcher avec lui ne résoudra rien, d'autant plus que je suis consciente que ce n'est pas sa faute. Mais c'est plus fort que moi. Je panique à l'idée de me retrouver sans rien, comme ma mère quand j'étais adolescente.

— Je ne suis pas comme toi, Lao Hu. Je ne suis pas parfaite, jamais je n'aurais dû m'inspirer de toi, de ton vécu. Je n'ai rien à voir avec toi.

— Je ne suis pas parfait non plus ! Tu crois que je n'ai pas fait d'énormes erreurs dans ma vie ?

— Toi, des erreurs ? Tu t'es trompé de croquettes et tu en as pris au thon au lieu de poulet ?

Ma remarque cinglante le fait brièvement sourire. Il retrouve son air sérieux et m'invite à m'asseoir sur ma propre chaise. Et moi, je le suis. Bêtement. Pourquoi est-ce que j'ai tendance à le traiter comme un maître zen ?

— En fin de compte, on va plutôt aller chez moi. J'ai… ce sera plus facile avec des visuels.

Avec des visuels ? Qu'est-ce qu'il va me montrer, des dessins animés ? Encore une fois, je me retrouve à le suivre même si ça me semble incongru. Exerce-t-il une sorte d'influence sur moi ?

Méfiante, je traverse la rue qui sépare nos deux maisons et gravis les quelques marches qui mènent à son univers. Je réalise que c'est la première fois qu'il m'ouvre les portes de son monde. D'habitude, on se voit au café, ou alors chez moi. Je n'avais même pas tilté sur le fait que je ne m'étais jamais rendue dans son antre. Je retiens mon souffle lorsqu'il m'ouvre la porte. Immédiatement, mes yeux tentent d'enregistrer le moindre détail. La décoration est telle que je l'avais imaginée. Orientale, avec des meubles tout droit venus d'Asie. Harmonieuse, comme lui. Je passe un index distrait sur une commode incrustée de nacre tandis que mes iris parcourent les courbes d'une statue de Bouddha. À mes pieds, un chat miaule pour réclamer des câlins. C'est Mixo. Je me penche pour lui donner son dû. Le contact avec son pelage irrégulier calme quelque peu mes nerfs irrités.

— Viens, me propose Lao Hu.

Je m'installe à ses côtés, mais pas aussi près que d'habitude. J'ai besoin de garder mes distances. Sur ses genoux, je remarque un vieil album de photos, écorné d'avoir été trop feuilleté, ou d'avoir trop voyagé. Sans doute un peu des deux.

— Je t'écoute.

— Je suis né en Chine il y a un peu plus de trente ans. Mes parents sont d'éminents danseurs du ballet de Pékin.

Il ouvre l'album et désigne la photo d'un couple en tenue de danse. Tous deux dégagent quelque chose de majestueux.

— J'ai suivi les mêmes cours qu'eux. Je dansais avant de marcher.

Il pose son index sur la photo d'un enfant d'à peine dix-huit mois, debout, en collants, une jambe étirée et un bras tendu vers les étoiles. Quelque chose de chaud coule dans mon cœur en faisant la connaissance de son moi d'avant. Déjà petit, il avait cette expression qui laisse croire qu'il a saisi l'essentiel.

— J'ai sacrifié mon enfance, puis ma jeunesse.

Tour à tour, je découvre des photos de lui en train de danser. Des articles de presse concernant des remises de trophées.

— Tu n'aimais pas la danse ?

— Si. Mais pas assez pour en faire mon métier. Je ne voulais pas lui consacrer ma vie, tu sais ? Être un danseur étoile, ce n'est pas juste une passion, c'est une vocation. Je ne l'avais pas.

— Et tes parents ?

— Ils ne voulaient rien entendre. Comme eux, j'étais promis à un brillant avenir. Pour ce couple de danseurs, me consacrer à autre chose qu'au ballet, c'était du gâchis.

C'est pourquoi je me suis enfui en France avec mon ancienne nourrice, Dan Gao. J'ai claqué la porte un beau matin, et jamais plus je ne leur ai donné de nouvelles.

Je garde le silence, soufflée. Mon cerveau fatigué a du mal à encaisser cette information. Je perçois Lao Hu comme un roc. Comme une personne fiable, d'une fidélité à toute épreuve. Il est à l'écoute des autres et n'hésite jamais à se sacrifier ou à dire ce qu'il pense, même lorsque ça blesse.

— Je n'arrive pas à t'imaginer faire ça. Je… je comprends que tu aies décidé de vivre ta propre vie, pour moi, c'est un droit essentiel. Je peux également accepter que tu aies coupé les ponts. Tu étais jeune, tu avais besoin d'indépendance. En revanche, je ne saisis pas le fait que jamais plus tu ne leur aies donné de nouvelles par la suite. Est-ce qu'ils te maltraitaient ?

Lao Hu secoue la tête.

— Tout ce que mes parents ont entrepris, y compris chaque erreur, ça a été fait pour mon bien. Et ils n'ont jamais levé la main sur moi.

— Que s'est-il passé, alors ?

— Le temps. Voilà ce qui s'est passé. Une fois que j'ai réussi à trouver une situation stable en France avec Dan Gao, une fois que j'ai compris ce que je voulais faire de ma vie, une fois que j'ai saisi que je ne leur en voulais pas… c'est à moi que j'en ai voulu. Les années étaient passées sans que je prenne de leurs nouvelles. Tu imagines ? Ils avaient un fils, et ils ne savaient même pas s'il était en vie. J'ai eu tellement honte…

Ma main vient naturellement trouver la sienne.

— Tu n'as pas à avoir honte. Tu as commis une erreur. Une énorme erreur, je te le concède. Mais qui n'en fait jamais, des boulettes, hein ? Je pense qu'il n'est pas trop tard pour réparer tes torts. Et puis, on pardonne tout à un chat qui ronronne, pas vrai ?

Un sourire triste étire ses lèvres. Avec une douceur qui me vole une larme, il caresse mon visage comme s'il était en porcelaine. C'est si tendre, si inespéré, que mon cœur rate un battement. Peut-être deux.

Dans ma tête, c'est Fukushima. Mais le pire est à venir.

— Je t'aime, Sélina.

Ses mots, que j'attendais depuis des mois, me font l'effet d'une bombe nucléaire. Et moi, est-ce que je l'aime ? La réponse est évidente. Pourtant, j'ai du mal à la formuler.

— Je t'aime aussi, Lao Hu. Mais j'ai besoin d'une parenthèse pour y voir plus clair. Tout… tout est compliqué.

— Est-ce que c'est à cause de ce que je t'ai dit ? Je comprends que tu aies honte de moi, je…

Voir celui que je considère comme une sorte de « maître » en proie à la tourmente me désarçonne.

— Non. J'ai apprécié ton honnêteté, au contraire. C'est moi. Juste moi. J'ai besoin de temps pour comprendre ce que je veux vraiment. J'ai toujours vécu accrochée à l'avis des autres. Celui de Jérôme, mon ex. Celui de ma mère. Celui de ma sœur. Ou encore celui de mon patron ou de ma meilleure amie. Aujourd'hui, j'ai besoin de solitude pour savoir ce que je veux vraiment.

Il m'offre un de ses incroyables sourires dans lequel perce aussi bien la tristesse que la fierté.

— Tu es donc devenue un chat.

Je lui souris.

— C'est le plus beau compliment que l'on pouvait me faire.

Je l'embrasse comme si c'était la dernière fois, tout en sachant que je reviendrai. Lao Hu est mon avenir, mais j'ai besoin de vivre mon présent.

— Je serai là à ton retour.

Je remplis mes yeux de son image avant de les refermer pour retenir mes larmes.

Chapitre 15

Les chats vont et partent
sans jamais partir.
Martha Curtis

Deux mois se sont écoulés depuis ma dernière conversation avec Lao Hu. Deux mois de parenthèse qui m'ont aidée à y voir plus clair.

Je sais ce que je veux. L'indépendance. La liberté de créer. Et je me suis battue pour l'obtenir. J'ai refait mon dossier, passé des coups de fil, insisté, tapé du pied… comme un chat qui veut ses croquettes. J'ai eu ma subvention. Et mes premiers clients. Ma nouvelle vie commence et je me sens de plus en plus prête à revenir vers Lao Hu. Tout est parfait, ou presque. Alors pourquoi ai-je si peur ? Parce qu'il pourrait être passé à autre chose. Parce qu'il pourrait m'avoir oubliée. Parce que je n'ai pas encore l'habitude du bonheur, si bien qu'à tout moment je m'attends à ce qu'il vole en éclats.

Je caresse le doux pelage noir et blanc de Chaton, qui, assis sur mes genoux tandis que je travaille, ronronne de plaisir en m'enfonçant les ongles dans les cuisses. Sophie pose une bière devant moi avant de s'installer de l'autre côté de la table du salon, armée elle aussi d'une bouteille.

— Il est dix heures du matin.

— Je sais, mais je n'arrivais pas à dormir.

— Si je fais trop de bruit, il te suffit de me le dire et je…

— Oh non, ce n'est pas ça, nie-t-elle en balayant l'air de la main. J'ai mon casque antibruit, de toute façon. Par contre, il faut qu'on parle.

Sincèrement préoccupée, je pose mon regard sur Sophie. Ses yeux sont cernés et son teint pâle. Je ne m'en fais pas, ces deux caractéristiques font partie de la vie de l'infirmière employée à l'hôpital public. Mais il y a autre chose. Je le perçois à la manière dont les commissures de ses lèvres penchent vers le bas. À l'éclat étrange dans ses iris verts.

— Christophe va bien ?

Il a suffi que je mentionne le prénom de son copain pour qu'un sourire bienheureux se dessine sur sa bouche. Ce n'est donc pas ça.

Elle passe la main dans ses cheveux rouges, cherchant probablement ses mots.

— Tof va bien. Mieux que bien, d'ailleurs, depuis que…

— Depuis quoi ?

— Depuis qu'il sait que je vais le rejoindre.

— Chouette ! m'exclamé-je en tapant dans mes mains. Pour un week-end ? Ou pour plus longtemps ? Tu as enfin obtenu les vacances que tu demandes depuis des siècles ?

Quelque chose dans son expression me laisse deviner que je ne vais pas aimer ce qui va suivre.

— Pour toujours. J'ai demandé ma mutation à l'hôpital de Marseille, tout près d'Aubagne. Elle a été acceptée il y a un mois. Je pars, Sélina.

Mon cerveau engourdi enregistre chaque information. Mutation, Marseille, toujours. Puis, tous ces mots ensemble font sens et la douleur, profonde, s'installe dans mon cœur.

— Je suis désolée, Sélina. J'ai attendu que tu ailles mieux pour te l'annoncer. Je savais combien cette nouvelle t'attristerait. Je suis moi-même terrassée par l'idée de vivre loin de toi, mais… je l'aime.

Je lui souris en essayant de garder toute ma souffrance à l'intérieur. Sophie a voué sa vie aux autres en devenant infirmière. Elle a toujours été là pour moi, depuis l'enfance. Il est normal qu'au bout d'un moment j'arrête de me comporter de manière égoïste à son égard. Aussi, je me lève et la serre dans mes bras.

— Félicitations, So ! Je suis tellement heureuse pour toi !

Et je le suis. Mais je suis aussi profondément triste.

Nous vidons nos bières ensemble, en silence. J'ai un mal fou à boire la moindre goutte de liquide tant mon estomac est noué, mais je joue le jeu pour la rassurer. Dès qu'elle finit, je l'envoie dormir.

— Monte te coucher, sinon je plains les patients que tu soigneras ce soir.

Elle se lève, me donne une tape sur l'épaule, une bise sur la joue, puis monte dans sa chambre. Cela ne doit pas faire cinq minutes qu'elle est dans les bras de Morphée que déjà, les larmes m'échappent. Je les chasse du revers de la main et essaie de travailler tant bien que mal, mais je n'y arrive pas. L'essence même de mon métier, c'est la créativité. Si le cœur n'y est pas, rien ne va. Comme Sacha, le chat de Lao Hu, je dois prendre du recul pour mieux rebondir. Aussi, je rabats le clapet de mon ordinateur et vais m'installer sur la terrasse, un livre à la main. Rien n'y fait. Le roman ne parvient pas à me distraire. Je dois avoir besoin d'exercice physique pour m'aérer l'esprit et pour ça, il n'y a rien de tel que la marche. J'ouvre doucement la porte d'entrée et jette un œil en direction de *La Souplesse du Chat*. Ce n'est pas que j'évite Lao Hu, mais… quand je le croiserai, je veux que ce soit parce que je l'aurai décidé. Ce sera pour bientôt, j'en suis convaincue, mais pas maintenant. Pas alors que mon esprit tout entier est tourmenté par le départ de ma meilleure amie et par le vide qu'elle laissera dans ma vie.

Je viens de fermer ma porte quand j'entends celle du bar à chats qui s'ouvre. Je retiens mon souffle alors que mon cœur s'emballe. Je me retourne très lentement, avec l'impression d'être dans un de ces films dont chaque scène défile au ralenti.

Ce n'est pas lui.

Les poings fermement vissés sur les hanches, Dan Gao scrute la rue à la recherche de quelque chose. Cette femme particulièrement loufoque serait encore capable d'avoir égaré sa cargaison de farine dans un coin.

— Tu as perdu ton stock de sucre ? demandé-je en traversant pour aller la saluer.

Ce n'est que lorsque je me retrouve devant elle que je comprends que quelque chose ne va pas.

— Dan Gao ? Il y a un problème ?

— C'est Lao Hu.

Mon palpitant fait une nouvelle embardée. Décidément, c'est la journée des crises cardiaques, aujourd'hui.

— Sacha n'est pas rentré depuis un moment, ça devient inquiétant. Tu sais combien Lao Hu tient à ses chats.

J'acquiesce, touchée.

— Je vais aller le voir.

J'ai proposé ça sans réfléchir. Maintenant que je l'ai dit, je panique à l'idée de le revoir. Mais si je dis « ah ben finalement, je vais filer » à Dan Gao, elle risque de vouloir me faire interner à l'asile. En même temps, si Lao Hu ne va pas bien, je ne peux tout bonnement pas le laisser tomber. Pas après tout ce qu'il a fait pour moi. Pas avec ce que je ressens pour lui.

Je le trouve en train de servir ses clients. Le sourire triste qu'il m'adresse lorsqu'il me voit me met le cœur à l'envers et efface les doutes que j'avais quant à la bonne manière de l'aborder.

— Hey, lancé-je en posant la main sur son épaule. Ça va ?

D'accord, ce n'est pas forcément la meilleure manière de s'adresser à quelqu'un qui vient peut-être de perdre son animal, mais je n'ai rien trouvé d'autre. À ma décharge, je suis dans tous mes états simplement parce que je ne réalise qu'à cet instant combien il m'a manqué.

Ses yeux me détaillent quelques instants. Il y a tant d'émotion dans ses iris que j'en ai le souffle coupé.

— Je suis ravi de te revoir, Sélina.

— Moi aussi.

— Qu'est-ce qui t'a poussée à revenir ?

L'espoir qui perce dans sa voix m'émeut.

— Dan Gao m'a dit que Sacha avait disparu.

La déception se peint sur ses traits. Comme il ouvre la bouche pour répondre, je pose mon doigt sur ses lèvres pour qu'il me laisse m'exprimer.

— Et tu me manquais. Ta pâtissière m'a donc offert l'occasion parfaite de venir te retrouver.

J'en récolte un sourire en demi-teinte. Ses bras s'enroulent autour de ma taille et il m'attire à lui pour m'embrasser. Je ne pensais pas qu'il me serait aussi naturel de le retrouver. C'est comme lorsqu'une vague se retire. Elle laisse un vide inconfortable, mais elle revient toujours parce que c'est dans l'ordre naturel des choses.

Il me relâche pour s'occuper d'autres clients tandis que je vais derrière le comptoir me préparer un thé et piquer une galette au soja. C'est fou ce que cette pâtisserie m'avait manqué !

Lao Hu revient me voir au bout d'un moment.

— Qu'est-ce qui se passe, pour Sacha ? lui demandé-je.

— J'ai l'habitude qu'il parte, alors je ne me suis pas inquiété lorsqu'il n'est pas rentré le soir après avoir filé le matin. Le lendemain, toujours rien. Je savais qu'il aimait bien prendre son temps, alors je n'ai rien dit. Mais lorsque quatre jours plus tard, Sacha n'était pas rentré, j'ai compris qu'il s'était passé quelque chose.

— Je comprends ta peur. Qu'est-ce que tu as entrepris pour le retrouver ?

— Dan Gao et moi l'avons cherché partout ce matin, avant le travail. Et nous le chercherons après la fermeture.

J'acquiesce.

— Tu as mis des affiches ?

— Pas encore, je comptais m'en occuper à la pause de midi.

— Je m'en charge.

Il ouvre de grands yeux étonnés.

— Tu ne travailles pas ?

— Si, mais je suis devenue ma propre patronne, alors je choisis mes horaires.

La lueur de fierté qui brille dans ses iris est la manière la plus douce de me témoigner son approbation.

— Et puis, je n'ai pas la tête à bosser, de toute façon.

— Un souci ?

Sa tendance naturelle à s'inquiéter pour les autres n'a pas disparu.

— Sophie s'en va. Définitivement. Elle déménage à Aubagne pour rejoindre son mec.

Lao Hu ne dit rien. Il sait qu'aucun mot ne pourra m'aider à encaisser le départ de ma meilleure amie. Même si j'ai trente et un ans, que je ne suis plus une adolescente, et que je sais que mon comportement est ridicule.

— Il y a un ordinateur et une imprimante chez moi, dit-il en me donnant les clés de sa maison. Et merci, Sélina.

Je me contente de hocher la tête avant de disparaître.

Je m'attendais à éprouver une drôle de sensation en venant seule à son domicile, mais en fait, je me sens bien ici. En paix. J'aime bien ce que je ressens entre ces murs. Sans doute parce que chaque pièce me fait penser à lui.

Mais l'heure est au sauvetage de Sacha et non aux tergiversations. Je choisis la photo du chat gris que j'avais faite dans la grange, celle où il regarde la pluie de ses yeux verts si pleins de sagesse. Je l'accompagne d'un texte descriptif ainsi que du numéro de Lao Hu, et du mien. Tandis que je lance l'impression, j'appelle Margot, de La ferme aux chats, qui propose de venir m'aider à coller la centaine d'affiches que j'ai imprimées.

Cela nous prend toute la matinée de placarder Werstheim et les villages aux alentours. Juste au moment où nous allons nous séparer, je lui fais une proposition.

— On devrait peut-être organiser un genre de battue citoyenne, qu'est-ce que tu en penses ?

— J'en dis que c'est une excellente idée. On se lance tout de suite dans les coups de fil ?

La préparation de la journée de demain nous prend tant de temps que, le soir venu, j'oublie d'en avertir Lao Hu. Loin de mal le prendre, ses yeux brillent de bonheur lorsque, le samedi matin, il trouve une centaine de volontaires devant la porte de son café. Nous avons réussi à rameuter un nombre incroyable de personnes. Bien sûr, les bénévoles de La ferme aux chats nous ont immédiatement apporté leur soutien. Les habitués du café aussi, auxquels se sont ajoutés des employés municipaux, des Werstheimois, ainsi que de nombreux anonymes. Voir tous ces gens réunis pour retrouver un chat perdu me fait chaud au cœur.

Après avoir remercié tout le monde d'une voix émue, nous entamons les recherches par petits groupes. Il y a même un policier à la retraite qui nous apporte son savoir-faire et nous permet de mieux nous organiser.

— Vu comme nous sommes nombreux, nous allons réussir à le retrouver, j'en suis certaine.

Seulement, l'espoir va en s'amenuisant à mesure que les heures défilent. La nuit est sur le point de tomber quand, avec Lao Hu, nous mettons la main sur un petit bandana rouge ayant appartenu au chat.

— C'est le sien, j'en suis sûr. Regarde, il y a un trou ici, près de la couture. Oui, c'est à lui !

Comment est-ce qu'un si petit bout de tissu peut être porteur de tant de promesses ? Dans tous les cas, ce bandana nous donne la force de nous enfoncer dans un bosquet longeant la route, malgré notre fatigue. Nous l'appelons. Nous le cherchons dans les moindres recoins. Sans succès.

Et j'aurais préféré ne jamais le retrouver.

Les arbres disparaissent pour laisser place à la route. Je distingue une forme, comme une proéminence sur l'asphalte sous le soleil couchant. Prise d'un mauvais pressentiment, j'abandonne le groupe pour parcourir la dizaine de mètres qui me sépare de cette forme. Et sous mes pieds se forme un abîme. Un abîme fait de quelques poils gris, de sang et de chair meurtrie.

Quand Lao Hu me rejoint, des larmes roulent déjà sur mes joues.

— Je suis désolée.

— Tu n'as pas à l'être. Ce n'est pas toi qui l'as écrasé. Sacha a toujours été indépendant, il aimait partir loin. Je savais qu'il pouvait en mourir, mais j'ai préféré lui laisser prendre ce risque plutôt que de le priver de cette liberté qu'il réclamait.

Il ouvre son sac pour se saisir d'un sachet, dans lequel il introduit le cadavre du félin. Tant de joie, tant de souvenirs et tant de tristesse contenus dans un sac en plastique. J'ai beau savoir qu'il ne s'agit pas d'un humain, mon cœur saigne pareil. Mais après tout, pourquoi établir une gradation dans la douleur ? Les animaux ne sont-ils pas dignes de notre amour ?

Le groupe rentre à Werstheim en silence, se sépare avec les mots d'usage. Après avoir transmis le sachet au vétérinaire en vue d'une incinération, Lao Hu m'invite à monter chez lui.

— Tu ne pleures pas ? m'étonné-je. Tu ne fais aucune cérémonie, rien ?

Son sourire est à la fois triste et porteur d'espoir.

— Ce que j'ai remis au vétérinaire, ce n'est pas Sacha. Sacha, ce n'est pas quelques morceaux de chair déchiquetée entre un pneu et l'asphalte. Sacha, ce sont des années de joie, de complicité, de bonheur. Sacha, ce sont des milliers de souvenirs qui jamais ne s'effaceront et en ce sens, il sera toujours avec moi. Avec nous. Les chats vont et partent sans jamais partir, puisqu'ils restent à jamais dans nos cœurs, quoi qu'il advienne.

Et je souris. Parce que tant que je conserverai ce que j'ai appris auprès de ce chat un brin sauvage, Sacha sera avec nous.

Je me hisse sur la pointe des pieds pour embrasser Lao Hu.

— Attends-moi, je reviens très vite.

Je retrouve Sophie à la maison. La première chose qu'elle fait, c'est me demander des nouvelles de Sacha. Elle voulait être des nôtres, mais j'ai préféré la laisser dormir plutôt que de la faire gambader dans le village pour récupérer le chat. Après lui avoir raconté notre triste découverte, elle me regarde et me dit doucement :

— J'ai réfléchi. Si tu veux que je reste…

— Il n'en est pas question. Ta vie est ailleurs et la mienne, ici. Mais ce n'est pas pour autant qu'elles ne seront pas parallèles.

— Comment cela ?

— Nous nous retrouverons. Toujours. On prendra le temps de s'appeler. On se verra aussi souvent que possible. Tu viendras ici, et moi, ça me donnera l'occasion d'aller à la mer de temps à autre. Ce n'est pas la distance qui brise les amitiés, ce sont les mauvais choix qui déchirent les relations. Mais toi et moi, on restera soudées à jamais.

Pour toute réponse, elle me serre dans ses bras.

— Je peux te laisser la maison aussi longtemps qu'il le faudra. Et je t'appellerai tous les jours, ou presque.

J'acquiesce pour la remercier.

— Et puis, je ne serai pas seule. J'aurai Mimi.

— Mimi ?

C'est le nom que j'ai choisi pour la boule de poils noir et blanc qui grignote mes lacets à mes pieds. Je me penche pour la prendre dans les bras.

— Tu lui as donné enfin un nom.

— Et un foyer. Il restera avec moi s'il le veut bien.

Comme s'il avait compris le sens de mes mots, le chat se blottit contre moi en ronronnant. J'avais besoin d'une main tendue. J'ai trouvé une patte. Je me sens mieux.

— Et Lao Hu, peut-être.

— Tu te sens prête à partager ta vie avec lui ?

Je hausse les épaules, un sourire songeur aux lèvres.

— L'avenir nous le dira, So. L'avenir nous le dira.

Épilogue

S'il devait y avoir un son universel représentant la paix, je voterais certainement pour le ronronnement.

Barbara L. Diamond

Lorsque Sophie est partie dans le Sud il y a bientôt quatre mois, je m'attendais à souffrir un peu du manque de ma meilleure amie. Ce fut sous-estimer mon apathie. Elle a fait partie de mon univers pendant tant d'années qu'en me séparant d'elle je perdais aussi mon centre de gravité. Toutefois, ce vide qu'elle a laissé n'a pas duré éternellement. Au fil du temps, d'autres personnes, d'autres activités sont venues non la remplacer, mais me compléter. Ma mère commence à occuper une certaine place dans ma vie. Mes nouveaux amis aussi. Carole, que je vois plus souvent. Guy. Dan Gao. Margot, et d'autres personnes du refuge animalier. Sans parler de Lao Hu.

Si j'ai tenu à conserver mon indépendance parce que j'avais besoin de passer du temps seule pour mieux me retrouver, nous nous sommes vus très souvent. Chez lui, chez moi, partout. Ce que je ressens pour lui n'a pas cessé de croître, pour mon plus grand bonheur.

Je travaille toujours beaucoup. Je n'ai pas été en mesure de me débarrasser de cette habitude qui me pousse à me donner à fond dans le domaine professionnel, mais au moins, je sais pourquoi je me lève le matin. Mes premiers clients ont été très satisfaits de mon travail et n'ont pas hésité à parler de moi autour d'eux. Le bouche-à-oreille a porté ses fruits et à présent, je compte suffisamment de projets et d'inspiration. Devenir indépendante était la meilleure chose à faire, j'en ai la preuve aujourd'hui.

Mais, si moi, j'ai le sentiment d'avoir trouvé une sorte d'équilibre, ce n'est pas le cas de Lao Hu. Son éternel sourire bienveillant cache encore bien des blessures, et je compte bien l'aider à les panser. Lorsque le chat, indécis, hésite à la fenêtre sans savoir s'il doit entrer ou sortir, c'est parfois à son humain de prendre une décision. C'est exactement ce que j'ai fait.

Aujourd'hui, nous partons en vacances. Mais pas celles qu'il croit. Si nos billets de train pour Aubagne le conduisaient finalement au plus profond de son cœur ?

Après avoir fait un dernier tour pour m'assurer de ne rien avoir oublié, je me saisis de Mimi pour la prendre contre moi. Immédiatement, la boule de poils se met à ronronner. Elle aurait dû atterrir chez Lao Hu, puisque la mort de Sacha a libéré une place. Toutefois, je n'ai pas pu me résoudre à me séparer d'elle. Les chats vont et viennent avec leur indépendance, mais chaque caresse, chaque regard que vous leur offrez, vous lie davantage à eux. Comme l'a dit Frank Perkins, les chats conspirent pour nous garder près d'eux.

Comme tous les jours, je traverse la route pour me poster devant *La Souplesse du Chat*. J'ai l'impression que ça fait des années que j'ai tiré cette porte pour la première fois tant ma vie a changé. Lao Hu m'attend à l'intérieur, un sac à dos de baroudeur à ses pieds et un sourire rêveur aux lèvres. Forcément, je tombe sous le charme et dépose ma valise sur une chaise pour courir l'embrasser.

— Prête ?

— Prête.

Nous prenons congé de Dan Gao. C'est elle qui gardera nos chats pendant les trois semaines que durera notre périple.

Le voyage jusqu'à Paris se déroule sans accroc. Vu le projet que j'ai en tête, je suis ravie qu'il n'y ait pas eu de train direct entre Strasbourg et Marseille, ce qui rend notre présence à la capitale moins suspecte aux yeux de Lao Hu.

Un peu perdue dans ce joyeux brouhaha que sont les souterrains parisiens, je m'arrête devant un plan du métro pour choisir la bonne ligne.

— Mais non, ce n'est pas celle-ci, me corrige Lao Hu.

— Si, c'est celle-là.

— Bien sûr que non ! Elle ne mène pas à la gare.

— Qui t'a dit qu'on allait directement à la gare, hein ?

L'étonnement se peint sur ses traits.

— N'est-ce pas toi qui, il y a longtemps, m'as vanté les bienfaits du lâcher-prise ?

Il hoche la tête.

— Alors, laisse-toi aller, et suis-moi, pour une fois.

Après quelques tâtonnements et divers égarements, nous arrivons à bon port. À côté de moi, Lao Hu se raidit à mesure que nous gravissons les marches. Il se doute peut-être de notre destination, mais il doit se dire que ce n'est pas possible. Que je n'ai pas osé. Eh bien, il a tort.

Non seulement j'ai osé, mais je n'ai aucun regret.

Devant nous se dresse l'Opéra de Paris, ce somptueux bâtiment que je trépigne d'impatience de découvrir. Mais lorsque je fais un pas en arrière, ma main captive de celle de Lao Hu, je manque de me démettre l'épaule. Je me retourne. Les pieds de mon amoureux semblent s'être enfoncés dans le sol.

— Tu viens ?

— Tu sais qu'il n'y a pas de représentation avant ce soir ?

Je pourrais mentir. Feindre la simple curiosité, alléguer l'envie de voir l'intérieur de cet emblème de la vie culturelle parisienne. Mais si l'on dit que les chats ont neuf vies, la confiance, elle, n'en a qu'une. Lorsqu'elle meurt, c'est pour de bon. Je ne veux pas perdre celle de Lao Hu.

— Je suis au courant. Mais ce n'est pas pour une représentation que nous sommes ici.

Sa mâchoire se crispe. Il a compris.

— Tes parents sont là-dedans. Je les ai retrouvés. Ils ne dansent plus, ils sont trop vieux pour ça. Mais ils entraînent encore les meilleurs danseurs de Pékin, et il se trouve que leurs protégés seront sur scène, ce soir. En cet instant précis, ils travaillent avec leur troupe, mais ils seraient ravis de te voir.

Je le vois déglutir.

— Ils savent que je suis là ?

J'opine.

— Oui. Et ils ont très envie de te rencontrer, même s'ils n'ont pas beaucoup d'espoir.

Je cache ma nervosité derrière un sourire.

— Quoi que tu décides, Lao Hu, c'est un choix qui te revient. Tu ne seras ni plus ni moins fort, ni pire ni meilleur parce que tu les repousses. Tu seras toi, et je t'aime pour ce que tu es. J'ai simplement manipulé un peu le destin pour t'offrir une chance de les retrouver, complété-je avec une grimace.

Il me rend mon sourire malgré sa lutte intérieure.

— C'est d'accord.

Nous nous présentons devant le vigile. Les parents de Lao Hu l'ont mis au courant de notre arrivée, si bien qu'il nous laisse passer. Mes mains tremblent un peu d'appréhension à mesure que nous gravissons les marches, alors j'imagine ce que Lao Hu doit éprouver.

Et enfin, au détour d'une salle, l'impensable se produit. Les retrouvailles. Dans cette petite pièce aux multiples miroirs, impossible de se cacher. Les reflets dévoilent nos failles et nos faiblesses, nos forces et nos réussites. Émue, je regarde l'homme que j'aime se pardonner lui-même et laisser une nouvelle place dans sa vie à ceux qu'il avait chassés.

Notre train pour le Sud a du retard. Quelle meilleure manière de l'attendre que dans un bar à chats ? Alors que je bois un thé en compagnie de Lao Hu, un matou posé sur mes genoux, mon amoureux tire une petite boîte rectangulaire de sa poche. Aussitôt, mon cœur s'emballe.

— Un peu gros pour une alliance, non ?

Je me mords les lèvres. J'ai encore parlé trop vite.

— Ouvre-la.

Je m'exécute d'une main tandis que de l'autre, je caresse le félin ronronnant. Elle contient une clé. Celle de *La Souplesse du Chat*. Elle déverrouille aussi son espace de vie.

— Ça fait un moment qu'elle traîne dans ma poche alors… je me suis enfin décidé à t'ouvrir la porte.

Trop touchée pour parler, ou même bouger, je reste interdite.

— Bon, tu sors ou tu entres ? lance-t-il en parodiant cette phrase que l'on dit si souvent aux chats indécis.

Je baisse encore les yeux sur la clé que je tiens entre mes mains. Comment ce minuscule petit bout de métal peut-il signifier tant de choses pour moi ? Peut-être parce que parfois, ce sont les choses les plus petites qui prennent le plus de place dans nos cœurs.

— Je veux bien qu'on s'adopte mutuellement.

Remerciements

Tout d'abord, merci à mes éditeurs, Jean-Laurent et Amandine, d'avoir cru en ce projet, et de m'avoir aidée à le faire aboutir. Vous avez été au top tout au long du travail éditorial.

Alexandre et Carolina, je suis impressionnée par l'enthousiasme que vous avez mis dans cette histoire. J'ai trouvé ça très amusant de m'inspirer de vos suggestions, surtout pour les prénoms des chats. Vous êtes les meilleurs enfants dont une mère puisse rêver.

Guillaume, j'ai adoré nos discussions amusantes autour des félins. Tu as un don pour tout rendre plus fun.

Carole H., tu m'as poussée à me lancer dans l'écriture de *La Souplesse du Chat*. Je n'ai pas assez de mots pour te remercier.

Lætitia, ma pile électrique, songe à remercier Mimi pour l'inspiration !

Carole J. et Romain, mes community managers de choc, merci d'avoir partagé votre expérience avec moi.

Je tiens également à remercier ma mère et ma grand-mère, qui toutes les deux m'ont contaminée du meilleur virus qui soit, celui des amoureux des chats. Vous m'avez appris à les comprendre, à les écouter, à les aimer. Sans le savoir, vous m'avez simplement offert un trésor d'une valeur inestimable.

Je remercie également mes lecteurs, ceux qui me suivent depuis le début comme ceux qui me découvrent aujourd'hui. Sans vous, nous ne serions rien !

Cet ouvrage a été composé et mis en page
par Nord Compo à Villeneuve-d'Ascq

Imprimé en France par
CPI Bussière
en septembre 2023
N° d'impression : 2072703

#lisez engagé !
www.lisez.com
Pour plus d'information :
Imprimé sur du papier issu de forêts gérées durablement.

Pocket – 92 avenue de France, 75013 PARIS

S32336/03